राजो और मिस फ़रिया

मण्टो अब तक-12

राजो और मिस फ़रिया

सआदत हसन मण्टो

वाणी प्रकाशन

वाणी प्रकाशन

4695, 21-ए, दरियागंज, नयी दिल्ली 110 002

फ़ोन : +91 11 23273167 फ़ैक्स : +91 11 23275710

शाखाएँ

अशोक राजपथ, पटना 800 004, बिहार

कॉफ़ी हाउस कैम्पस, महात्मा गांधी मार्ग, इलाहाबाद 211 001, उत्तर प्रदेश

महात्मा गांधी अन्तरराष्ट्रीय हिन्दी विश्वविद्यालय, वर्धा 442 001, महाराष्ट्र

www.vaniprakashan.in
marketing@vaniprakashan.in
sales@vaniprakashan.in

RAJO AUR MISS PHARIYA
by Saadat Hasan Manto

ISBN : 978-93-5072-273-2
Novel

संस्करण 2012
आवृत्ति 2018

मूल्य : ₹ 125

एम.एस. प्रिंटर्स, दिल्ली-110 095 में मुद्रित

वाणी प्रकाशन का लोगो मक़बूल फ़िदा हुसेन की कूची से

भूमिका

मण्टो की यह विशेषता है कि वह अपनी कहानियों में अपने निजी दृष्टिकोण और विचारधारा के साथ, दख़लन्दाज़ी की हद तक, पूरे-का-पूरा मौजूद रहता है। अपने पात्रों की ख़ुशियों के साथ, वह उनकी तकलीफ़ें और दुख भी सहता है। यही वजह है कि उसकी कहानियों में संस्मरण का हल्का-सा रंग हमेशा झलकता है—किस्सागोई का वह स्पर्श, जो किसी बयान को यादगार बनाने के लिए बहुत ज़रूरी है।

लेकिन यह किस्सागोई, महज़ दिलचस्पी पैदा करने के लिए, सिर्फ़ चन्द गाँठ के पूरे और दिमाग़ से कोई 'साहित्य प्रेमियों' का मनोरंजन करने के लिए नहीं है। किस्सागोई का यह अन्दाज़ एक ओर तो आम आदमी को इस बात का एहसास कराता है कि मण्टो उसके साथ है, उसके बीच है, वे सारे दुख-सुख महसूस कर रहा है, जो आम आदमी की नियति है, दूसरी ओर यह भी बताता है—ये कहानियाँ मण्टो ने इसलिए लिखी हैं कि पाठक यह जाने—उनकी नियति क्यों ऐसी है ताकि वे अपनी नियति को बदलने के लिए मुनासिब कार्रवाई कर सकें।

नीलाभ

अनुक्रम

राजो और मिस फ़रिया

एक

आये दिन सईद को ज़ुकाम होता था। एक दिन जब इस ज़ुकाम ने ताज़ा हमला किया, तो उसने सोचा मुझे प्रेम क्यों नहीं होता। सईद के जितने मित्र थे, सब के सब प्रेम कर चुके थे। उनमें से कुछ अभी तक इसी में डूबे थे। परन्तु प्रेम को वह जितना ही अपने पास देखना चाहता, उतना ही वह उसे अपने से दूर पाता। यह बड़ी अजीब बात थी। परन्तु उसको अभी तक किसी से प्रेम नहीं हुआ था। जब कभी वह सोचता कि सचमुच उसका मन प्रेम-मुहब्बत से ख़ाली है तो वह जैसे लज्जित-सा हो जाता और उसके अहं को चोट पहुँचती।

बीस वर्ष का समय, जिसमें कई वर्ष उसके बचपन की अल्हड़ता की धुन्ध में लिपटे हुए थे, कभी-कभी उसके सामने लाश की तरह अकड़ जाता था। और वह सोचता कि उसका अस्तित्व अब तक बिलकुल बेकार रहा है। प्रेम के बिना आदमी कैसे सम्पूर्ण हो सकता है?

सईद को इस बात का अहसास था कि उसका दिल ख़ूबसूरत है, और इस योग्य है कि प्रेम उसमें रहे, परन्तु वह सुन्दर महल किस काम का, जिसमें रहने वाला कोई न हो। क्योंकि उसका दिल प्रेम करने के योग्य था, यही कारण है कि उसे इस विचार से बहुत दुख होता कि उसकी धड़कनें व्यर्थ में ही नष्ट हो रही हैं।

उसने लोगों से सुना था कि जीवन में एक बार प्रेम का अवसर अवश्य आता है। स्वयं उसे भी इस बात का हल्का-सा विश्वास था कि मृत्यु की तरह प्रेम का अवसर भी एक बार अवश्य आयेगा! परन्तु कब?

काश कि उसके जीवन की पुस्तक उसकी अपनी जेब में होती, जिसे खोल कर वह तुरन्त इसका उत्तर पा लेता। परन्तु इस पुस्तक को तो घटनायें लिखती हैं। जब प्रेम का अवसर आयेगा, तो अपने-आप इस पुस्तक में नये पृष्ठ जुड़ जायेंगे। वह इन नये पृष्ठों के जुड़ने के लिए कितना बेचैन था।

वह जब चाहे उठकर रेडियो पर गीत सुन सकता था। जब चाहे खाना खा सकता

था। अपनी इच्छा के अनुसार हर समय व्हिस्की भी पी सकता था, जिसकी उसके धर्म में मनाही थी। वह यदि चाहता तो उस्तरे से अपने गाल भी जख्मी कर लेता, परन्तु जैसा कि वह चाहता था वह किसी से प्रेम नहीं कर सकता था।

एक बार उसने बाज़ार में एक नौजवान लड़की देखी। उसके उरोज देख कर उसे ऐसा लगा कि दो बड़े-बड़े शलजम ढीले कुरते में छिपे हुए हैं। शलजम उसे बहुत पसन्द थे। जाड़े के मौसम में कोठे पर जब उसकी माँ लाल-लाल शलजम काट कर सुखाने के लिए हार पिरोया करती थी, तो वह कई कच्चे शलजम खा जाया करता था। इस लड़की को देख कर उसके मुँह में फिर वही स्वाद भर गया, जो शलजम का गूदा चबाते समय होता है परन्तु उसके दिल में इस लड़की से प्रेम करने का विचार न उभरा।...वह उसकी चाल को ध्यान से देखता रहा, जिसमें टेढ़ापन था, वैसा ही टेढ़ापन जैसा कि बरसात के दिनों चारपाई के पायों में पैदा हो जाता है। वह उसके प्रेम में स्वयं को बाँध न सका।

प्रेम करने के विचार से वह अक्सर अपनी गली के नुक्कड़ पर दरियों की दुकान पर जा बैठता था। यह दुकान सईद के एक मित्र की थी जो हाई स्कूल की एक लड़की से प्रेम कर रहा था। उस लड़की से उसका प्रेम लुधियाना की एक दरी के कारण हुआ था। दरी के पैसे, जैसा कि उस लड़की ने बताया, उसके दुपट्टे के पल्लू से खुल कर कहीं गिर पड़े थे। लतीफ़ क्योंकि उसके घर के पास रहता था, इसलिए उस लड़की ने अपने चाचा की झिड़कियों और गालियों से बचने के लिए उससे दरी उधार माँग ली, और...। दोनों में प्रेम हो गया। शाम को बाज़ार में चहल-पहल अधिक हो जाती थी, और क्योंकि सिनेमा को जाने के लिए रास्ता वही था, इसलिए काफ़ी औरतें उसकी नज़रों के सामने से गुज़रती थीं। परन्तु पता नहीं क्यों, उसे ऐसा महसूस होता कि जितने लोग बाज़ार में चलते-फिरते हैं सब के सब जैसे सफ़ेद चादर की तरह हैं। उसकी नज़रें किसी औरत या किसी पुरुष पर न रुकती थीं। लोगों की भीड़-भाड़ को उसकी आँखें जैसे कुछ समझती और महसूस ही न करती थीं...।

तब? उसकी आँखें किधर देखतीं थीं! यह न आँखों को पता था, न सईद को। उसकी नज़रें दूर बहुत दूर, सामने चूने और मिट्टी के बने हुए पक्के मकानों को छेदती हुई निकल जातीं, न जाने कहाँ और ख़ुद ही कहीं घूम-घाम कर उसके दिल के अन्दर आ जातीं। बिलकुल उन बच्चों की तरह, जो अपनी माँ की छाती पर औंधे मुँह लेटे नाक, कान और बालों से खेल-खाल कर अपने ही हाथों को आश्चर्य और दिलचस्पी से देखते-देखते नींद की नर्म-नर्म गोद में धँस जाते हैं।

लतीफ़ की दुकान पर गाहक बहुत कम आते थे। इसलिए वह उसकी उपस्थिति को अच्छा ही मानते हुए उससे तरह-तरह की बातें किया करता था। परन्तु वह सामने लटकी हुई दरी की तरफ़ देखता रहता, जिसमें कई रंगों के अनगिनत धागों के उलझाव ने एक डिजाइन पैदा कर दी थी। लतीफ़ के ओंठ हिलते रहते, और वह

सोचता रहता कि उसके दिमाग़ का नक़्शा दरी की डिजाइन से कितना मिलता-जुलता है। किसी समय तो वह यही सोचता कि उसके अपने ही विचार बाहर निकल कर इस दरी पर रेंग रहे हैं।

इस दरी में और सईद की दिमाग़ी हालत में काफ़ी साम्य था। अन्तर केवल इतना था कि रंग-बरंग के धागों के उलझाव ने उसके सामने दरी की शक्ल बना ली थी, और उसके रंग-बरंगे विचारों का उलझाव ऐसी शक्ल नहीं बना पाता था, जिसको दरी की तरह अपने सामने बिछा कर या लटका कर देख सकता।

लतीफ़ पक्का भोंदू था। उसे बात तक न करना आता था। किसी चीज़ में सुन्दरता तलाश करने के लिए यदि उससे कहा जाता, तो बगलें झाँकने लगता। उसके अन्दर वह बात ही पैदा न हुई थी, जो एक कलाकार में होती है। परन्तु इस सब के बावजूद एक लड़की उससे प्रेम करती थी, उसको प्रेम-पत्र लिखती थी, जिसको लतीफ इस तरह से पढ़ता था, जैसे किसी समाचारपत्र में युद्ध की ख़बरें पढ़ रहा हो। इन पत्रों में उसे वह कँपकँपाहट नज़र न आती थी, जो हर शब्द में गुँथी होती है। वह शब्दों के गूढ़ अर्थों से बिलकुल अनभिज्ञ था। उससे यदि यह कहा जाता, देखो लतीफ़, यह पढ़ो...लिखती है, 'मेरी फूफी ने कल मुझ से कहा क्या हुआ है तेरी भूख को, तूने खाना-पीना क्यों छोड़ दिया है? जब मैंने सुना, तो पता चला कि सचमुच मैं आजकल बहुत कम खाती हूँ। देखो, मेरे लिए कल शहाबुद्दीन की दुकान से खीर लेते आना...जितनी लाओगे, सब चट कर जाऊँगी, अगली-पिछली कसर निकाल दूँगी...।' कुछ समझ में आया कि इन शब्दों के पीछे क्या है...तुम शहाबुद्दीन की दुकान से खीर का एक बहुत बड़ा दोना ले कर जाओगे, परन्तु लोगों की नज़रों से बच-बचा कर ड्योढ़ी में जब तुम उसे यह तोहफ़ा दोगे, तो इस ख़याल से खुश न होना कि सारी खीर वह खा जायेगी! वह कभी नहीं खा सकेगी...पेट भर कर वह कुछ खा ही नहीं सकती। जब दिमाग़ में अनेकों ख़याल जमा हो जायें, तो पेट अपने ही आप भर जाया करता है। परन्तु यह बात उसकी समझ में कैसे आती? वह तो समझने-समझाने से बिलकुल कोरा था। जहाँ तक शहाबुद्दीन की दुकान से चार आने की खीर और एक आने की खुशबूदार रबड़ी ख़रीदने की बात थी, लतीफ़ ठीक था, परन्तु खीर की इच्छा क्यों की गयी और ऐसा ख़याल उसकी प्रेमिका के दिमाग़ में क्यों आया है, इससे लतीफ़ को कोई मतलब नहीं था। वह इस योग्य ही नहीं था कि इन बारीकियों को समझ सके। वह मोटी बुद्धि का आदमी था, जो लोहे के जंग लगे गज़ से भद्दे तरीक़े से दरियाँ नापता था, और शायद इसी तरह के गज से अपने विचारों को भी नापता रहता था।

परन्तु यह सच्चाई है कि एक लड़की उसके प्रेम-जाल में फँसी थी, जो हर लिहाज से उससे बहुत अच्छी थी। लतीफ़ और उसमें इतना ही अन्तर था, जितना लुधियाना की दरी और कश्मीर के गुदगुदे कालीन में।

सईद की समझ में नहीं आता था कि प्रेम कैसे पैदा हो जाता है, बल्कि यह कहिये कि पैदा हो सकता है। वह जिस भी समय चाहे, उदास और क्रुद्ध हो सकता है, और अपने आप को खुश भी कर सकता है, परन्तु वह प्रेम नहीं कर सकता, प्रेम जिसके लिए वह इतना बेचैन रहता था।

उसका एक और मित्र, जो इतना सुस्त था मूँगफली या चने केवल उसी स्थिति में खा सकता था, यदि उनके छिलके उतरे हुए हों, वह भी अपनी गली की एक ख़ूबसूरत लड़की से प्रेम कर रहा था। वह हर समय उसकी ख़ूबसूरती की प्रशंसा किया करता। परन्तु यदि उससे पूछा जाता, 'यह ख़ूबसूरती तुम्हारी प्रेमिका में कहाँ से शुरू होती है' तो निश्चित रूप से वह बौखला जाता। ख़ूबसूरती का मतलब वह बिलकुल न समझता था। कॉलेज में शिक्षा पाने के बावजूद उसके दिमाग़ का विकास अच्छे ढंग से नहीं हुआ था। परन्तु उसकी प्रेम-कहानी इतनी लम्बी थी कि लिखने बैठते, तो एक बड़ी पुस्तक तैयार हो जाती। आख़िर इन लोगों को...इन मूर्खों को प्रेम करने का क्या अधिकार है? कई बार यह प्रश्न सईद के मस्तिष्क में उभरा और उसकी परेशानी बढ़ गयी। परन्तु काफ़ी सोच-विचार के बाद वह इस परिणाम पर पहुँचा कि प्रेम करने का अधिकार हर व्यक्ति को प्राप्त है, चाहे वह मूर्ख हो या समझदार...।

दूसरों को प्रेम करते देख कर उसके दिल में ईर्ष्या का भाव पैदा होता था। वह जानता था कि यह एक बहुत बड़ा कमीनापन है, परन्तु वह विवश था। प्रेम करने की इच्छा उस पर इस तरह से छाई रहती कि किसी-किसी समय तो वह प्रेम करने वालों को गालियाँ तक दे डालता। मगर गालियाँ देने के बाद अपने आप को भी कोसता कि व्यर्थ में ही उसने दूसरों को बुरा-भला कहा। यदि दुनिया के सारे लोग प्रेम करने लग जायें तो इसमें मेरे बाप का क्या जाता है। मुझे केवल अपने से मतलब रखना चाहिए। यदि मैं किसी के प्रेम में नहीं फँस सकता, तो इसमें दूसरों की क्या ग़लती है। बहुत सम्भव है कि मैं किसी कारणवश इस योग्य ही न होऊँ। क्या पता कि मूर्ख और कम बुद्धि होना ही प्रेम करने के लिए आवश्यक हो।

सोचते-सोचते एक दिन वह इस निष्कर्ष पर पहुँचा कि प्रेम एकदम से पैदा नहीं होता। वह लोग झूठे हैं, जो कहते हैं कि प्रेम चुटकियाँ बजाते हो जाता है। यदि ऐसा होता, तो प्रकट है कि उसके दिल में भी यह बहुत पहले पैदा हो गया होता। कई लड़कियाँ उसकी नज़रों से अब तक गुज़र चुकी हैं। यदि प्रेम एकदम पैदा हो सकता, तो वह स्वयं को किसी एक के साथ बड़ी आसानी से जोड़ सकता था। किसी लड़की को मात्र एक-दो बार देख लेने से प्रेम कैसे पैदा हो सकता है, यह उसकी समझ में नहीं आता था।

कुछ दिन पहले एक मित्र ने जब उससे कहा—कम्पनी बाग़ में आज मैंने एक लड़की देखी, एक ही नज़र में उसने मुझे घायल कर दिया—तो यह सुन कर उसको मितली-सी होने लगी। ऐसे वाक्य उसे बहुत गिरे हुए मालूम होते थे। एक ही नज़र

में उसने मुझे घायल कर दिया...क्या ख़ूब, विचारों का कितना बड़ा घटियापन है यह!

जब वह इस तरह के घटिया और तीसरे दरजे के वाक्य किसी के मुँह से सुनता, तो उसे ऐसा लगता कि उसके कानों में किसी ने पिघलता हुआ शीशा डाल दिया हो।

परन्तु इस तरह के घटिया और गिरे हुए लोग उसकी तुलना में कहीं अधिक खुश थे। वे लोग बड़ा शान्त और आराम का जीवन बिता रहे थे।

प्रेम और जीवन को एम. असलम की नज़रों से देखने वाले लोग बहुत खुश थे। परन्तु सईद, जो प्रेम और जीवन को बड़ी साफ़ आँखों से देखता था, उदास था...बेहद उदास...

एम. असलम से उसे अत्यधिक घृणा थी। इतना भद्दा और छिछोरा प्रेम-कहानियाँ लिखने वाला उसकी नज़रों से कभी न गुज़रा था। उसकी कहानियाँ पढ़कर हमेशा उसका ख़याल बट्टी और कटरा घन्नियाँ की खिड़कियों की तरफ़ दौड़ जाता, जिनमें से रात को वेश्याओं के पाउडर-सने गाल नज़र आते हैं परन्तु आश्चर्य है कि अक्सर लड़कियों और लड़कों में उसी की कहानियाँ पढ़कर प्रेम-सम्बन्ध बनते-जुड़ते हैं।

जो प्रेम एम. असलम की कहानियों में होता है, वह किस तरह का प्रेम होगा—जब वह इस बात पर थोड़ी देर ध्यान देकर सोचता, तो उसे यह प्रेम एक ऐसे सिर-फिरे आदमी की शक्ल में दिखायी देता जिसने दिखावे की ख़ातिर अपने अच्छे-अच्छे कपड़े एक के ऊपर एक पहन रखे हों।

एम. असलम की कहानियों के बारे में उसका मत कुछ भी हो, परन्तु सच्चाई यह थी कि नौजवान लड़कियाँ उन्हें छिप-छिपकर पढ़ती थीं, और जब उनकी कल्पना उड़ान भरती थी, तो वह उसी आदमी से प्रेम करना शुरू कर देती थीं, जो उनको सबसे पहले नज़र आ जाये। इसी तरह बहज़ाद, जिस की ग़ज़लें हिन्दुस्तान की हर जान और बाई रात को कोठों पर गाती है, नौजवान लड़कों और लड़कियों में बहुत प्रिय था। क्यों, यह उसकी समझ में न आता था।

बहज़ाद की वह ग़ज़ल जिसकी पहली पंक्ति—दीवाना बनाना है तो दीवाना बना दे—है, लगभग हर व्यक्ति गाता था। उसके अपने घर में उसकी चपटी नाक वाली नौकरानी, जो अपनी जवानी की मंज़िलें किसी तरह से पार कर चुकी थी, बर्तन माँजते समय हमेशा धीमे सुरों में गुनगुनाया करती थी...दीवाना बनाना है, तो दीवाना बना दे...

इस ग़ज़ल ने उसे दीवाना बना दिया था। जहाँ जाओ...'दिवाना बनाना है, तो दीवाना बना दे' अलापा जा रहा है। आख़िर क्या मुसीबत है। कोठे पर चढ़ो, तो काना इस्माइल एक आँख से अपने उड़ते हुए कबूतरों की तरफ़ देख कर ऊँचे सुरों में गा रहा है...'दीवाना बनाना है, तो दीवाना बना दे।' दरियों की दुकान पर बैठो, तो बगल की दुकान में लाला किशोरी बजाज अपने बड़े-बड़े चूतड़ों की गद्दियों पर आराम से

बैठ कर निहायत भौंडे तरीक़े से गाना शुरू कर देता है...'दीवाना बनाना है तो दीवाना बना दे।' दरियों की दुकान से उठो और बैठक में जा कर रेडियो खोलो तो अख़्तरी बाई फैजाबादी गा रही हैं...'दीवाना बनाना है, तो दीवाना बना दे', क्या मुसीबत है। वह हर समय यही सोचता रहता। परन्तु एक दिन जब वह ऐसे बैठा था और पान बनाने के लिए सुपारी काट रहा था, उसने ख़ुद बिना चाहते हुए भी गाना शुरू कर दिया...'दीवाना बनाना है, तो दीवाना बना दे...।'

वह अपने आप पर बहुत नाराज हुआ। उसे अपने पर बहुत क्रोध आया, परन्तु फिर एकदम से ज़ोर से हँसने के बाद उसने जान-बूझकर ऊँचे सुरों में गाना शुरू कर दिया...'दीवाना बनाना है, तो दीवाना बना दे।' इस तरह से गाते हुए उसने ख़्याल में बहज़ाद की सारी शायरी एक ठहाके में गुम कर दी, और वह मन ही मन खुश हो गया।

एक-दो बार उसके मन में विचार उठा कि वह भी एम. असलम की कहानियों और बहज़ाद की शायरी का भक्त हो जाये, और इस तरह किसी से प्रेम करने में सफलता प्राप्त कर ले। परन्तु बहुत कोशिश करने पर भी वह एम. असलम का उपन्यास पूरा न पढ़ सका, और न ही बहज़ाद की ग़ज़ल में कोई विशेष बात देख सका। एक दिन उसने अपने दिल में निश्चय कर लिया कि जो हो सो हो, एम. असलम और बहज़ाद के बिना ही अपनी इच्छा पूरी करूँगा। जो विचार मेरे दिमाग़ में हैं, उन सबके साथ मैं किसी लड़की से प्रेम करूँगा। अधिक से अधिक यही होगा कि मैं असफल रहूँगा, तो भी यह असफलता इन दो डुगडुगी बजाने वालों से अच्छी है। इस दिन से उसके अन्दर प्रेम करने की इच्छा और भी तेज हो गयी और उसने हर रोज सुबह नाश्ता किये बिना रेल के फाटक पर जाना शुरू कर दिया, जहाँ से कई लड़कियाँ हाईस्कूल की तरफ़ जाती थीं।

फाटक के दोनों तरफ़ लोहे का एक बहुत बड़ा तवा, जिस पर लाल रंग पेण्ट किया गया था, जुड़ा था। दूर से जब वह इन दो लाल-लाल तवों को एक-दूसरे के पीछे देखता तो उसे पता लग जाता कि फ्रण्टियर-मेल आ रही है। फाटक के पास पहुँचते ही फ्रण्टियर-मेल मुसाफ़िरों से लदी हुई आती और दनदनाती हुई स्टेशन की तरफ़ भाग जाती।

फाटक खुलता और वह लड़कियों की प्रतीक्षा में एक तरफ़ खड़ा हो जाता। उधर से पच्चीस नहीं छब्बीस (पहले दिन उसने गिनने में ग़लती की थी) लड़कियाँ समय पर गुजरतीं और लोहे की पटरियों को पार करके कम्पनी बाग के साथ वाली सड़क की तरफ़ हो जातीं जिधर उनका स्कूल था। उन छब्बीस लड़कियों में से दस लड़कियों को जो कि हिन्दू थीं, वह इसलिए ध्यान से नहीं देख सका कि शेष सोलह मुसलमान लड़कियों के चेहरे बुरकों में छिपे रहते थे।

वह दस दिनों तक लगातार फाटक पर जाता रहा। शुरू-शुरू में दो-तीन दिन

वह इन सब लड़कियों की तरफ़ ध्यान देता रहा, मगर दसवें दिन जब सुबह की ठण्डी-ठण्डी हवा चल रही थी, जिसमें कम्पनी बाग़ के तमाम फूलों की खुशबू बसी हुई थी, उसने अचानक अपने आपको इन लड़कियों की बजाये पेड़ों को बड़े ध्यान से देखते पाया, जिनमें अनगिनत चिड़ियाँ चहचहा रही थीं। सुबह की ख़ामोशी में चिड़ियों का चहचहाना कितना अच्छा लगता था। इसलिए जब उसने ध्यान दिया तो पता चला कि वह एक सप्ताह से लड़कियों के बजाये इन चिड़ियों, पेड़ों और फ्रण्टियर-मेल में दिलचस्पी लेता रहा है।

प्रेम शुरू करने के लिए उसने और भी बहुत सी चेष्टाएँ कीं परन्तु असफल रहा। आख़िर उसने सोचा, क्यों न अपनी गली में ही कोशिश की जाये। इसलिए उसने अपने कमरे में बैठ कर गली की उन तमाम लड़कियों की सूची बनाई, जिनसे प्रेम किया जा सकता था। जब सूची तैयार हो गयी, तो नौ लड़कियाँ उसके सामने थीं।

नम्बर एक हमीदा, नम्बर दो सगरा, नम्बर तीन नईमा, नम्बर चार पुष्पा, नम्बर पाँच विमला, नम्बर छह राजकुमारी, नम्बर सात फ़ातिमा उर्फ फ़ातो, नम्बर आठ जुबेदा उर्फ बेदी।

नम्बर नौ...इसका नाम उसे मालूम नहीं था। यह लड़की पश्मीने के सौदागरों के घर नौकर थी।

अब उसने क्रमानुसार ग़ौर करना शुरू किया।

हमीदा सुन्दर थी, बड़ी भोली लड़की, आयु लगभग पन्द्रह वर्ष होगी। हमेशा प्रसन्न नज़र आती थी। बड़ी नाज़ुक। उसे देख कर ऐसा लगता था कि सफ़ेद चीनी की पुतली है। यदि उसके शरीर के किसी भाग को हाथ लगाया तो कुछ टूट कर गिर जायेगा। नन्हें से सीने पर छातियों का उभार ऐसे था, जैसे किसी मद्धम राग में दो सुर अनचाहे ही ऊँचे हो गये हों।

यदि उससे वह कभी यह कहता, हमीदा, मैं तुमसे प्रेम करना चाहता हूँ, तो निश्चित रूप से उसके दिल की धड़कनें बन्द हो जातीं। वह उसे सीढ़ियों ही में ऐसी बातें कह सकता था। कल्पना में वह हमीदा से इसी जगह मिला...वह ऊपर से तेजी के साथ नीचे उतर रही थी। उसने उसे रोका और उसकी तरफ़ ध्यान से देखा। उसका छोटा-सा दिल सीने में यूँ फड़फड़ाया, जैसे तेज हवा के झोंके से दीपक की लौ। वह कुछ न कह सका।

हमीदा से वह कुछ नहीं कह सकता था। वह इस योग्य ही नहीं थी कि उससे प्रेम किया जाता। वह केवल शादी के योग्य थी। कोई भी पति उसके लिए ठीक था, क्योंकि उसके शरीर का हर कण पत्नी था। उसकी गिनती उन लड़कियों में हो सकती थी जिनका सारा जीवन शादी के बाद घर के अन्दर सिमट कर रह जाता है, जो बच्चे पैदा करती रहती हैं और कुछ ही वर्षों में अपना सारा रंग-रूप खो देती हैं। और रंग-रूप खो कर भी जिनको अपने में कोई विशेष फ़र्क़ महसूस नहीं होता।

ऐसी लड़कियों से जो प्रेम का नाम सुन कर यह समझें कि एक बहुत बड़ा पाप उनसे हो गया है, वह प्रेम नहीं कर सकता था। उसे विश्वास था कि यदि वह किसी दिन ग़ालिब का एक शेर उसे सुना देता तो कई दिनों तक नमाज के साथ बख़्शिश की दुआयें माँग कर भी वह यह समझती कि उसकी ग़लती माफ़ नहीं हुई...अपनी माँ से उसने तुरन्त ही सारी बात कह सुनाई होती और इस पर जो शोर होता, उसके ख़याल ही से सईद काँप-काँप उठता। स्पष्ट है कि सब उसे अपराधी ही कहते और सारी उम्र के लिए उसके चरित्र पर एक धब्बा भी लग जाता। कोई इस बात की तरफ़ ध्यान न देता कि वह साफ़ और पवित्र मन से उससे प्रेम करने का इच्छुक था।

नम्बर दो सगरा और नम्बर तीन नईमा के बारे में सोचना ही बेकार था। इसलिए कि वे एक कट्टर मौलवी की लड़कियाँ थीं। उनकी कल्पना करते ही सईद की आँखों के सामने उस मस्जिद की चटाइयाँ आ गयीं, जिन पर मौलवी कुदरतल्लाह साहब लोगों को नमाज पढ़ाने और अज़ान देने में मसरूफ़ रहते थे। यह लड़कियाँ जवान और ख़ूबसूरत थीं, मगर अजीब बात है कि चेहरे लटके हुये थे। जब सईद अपने घर में बैठा उनकी आवाज़ सुनता, तो उसे ऐसा लगता कि आदत के कारण कोई धीमे-धीमे सुरों में दुआ माँग रहा है। ऐसी दुआ, जिसका मतलब वह ख़ुद भी नहीं समझता। उनको केवल ख़ुदा से प्रेम करना सिखाया गया था, इसीलिए सईद उनसे प्रेम करना नहीं चाहता था।

वह इनसान था और इनसान को अपना दिल देना चाहता था। सगरा और नईमा की इस दुनिया में इस तरह से शिक्षा हो रही थी कि वह दूसरी दुनिया में नेक मर्दों के काम आ सकें।

जब सईद ने उनके सम्बन्ध में सोचा, तो अपने आप से कहा, भई नहीं, इनसे मैं प्रेम नहीं कर सकता, जो आख़िरकार दूसरे आदमियों के हवाले कर दी जायेंगी। मुझे तो इस दुनिया में पाप भी करने हैं। इसलिए मैं यह जुआ खेलना नहीं चाहता। मुझसे यह देखा न जायेगा कि इस दुनिया में जिससे मैं प्रेम करता हूँ, वह बाद में किसी दूसरे को सौंप दी जाये।

इसलए उसने सूची में से सगरा और नईमा का नाम काट दिया।

नम्बर चार पुष्पा, नम्बर पाँच विमला और नम्बर छह राजकुमारी। यह तीन लड़कियाँ जिनका आपस में न जाने क्या रिश्ता था, सामने वाले मकान में रहती थीं। पुष्पा के बारे में विचार करना व्यर्थ था, क्योंकि उसकी शादी होने वाली थी एक बजाज से, जिसका नाम उतना ही भद्दा था जितना पुष्पा का ख़ूबसूरत। वह अक्सर उसे छेड़ा करता था और खिड़की में से उसको अपनी काली अचकन दिखा कर कहा करता था, 'पुष्पा, बताओ तो मेरी अचकन का रंग कैसा है?" पुष्पा के गालों पर एक सेकंड के लिए गुलाब की पत्तियाँ-सी थरथरा जातीं और वह बहादुरी से उत्तर दिया करती, 'नीला'।

उसके होने वाले पति का नाम कालूमल था। न जाने उसका नाम रखते हुए

उसके माँ-बाप ने क्या सोचा था।

वह जब पुष्पा और कालूमल के बारे में सोचता, तो अपने दिल से कहा करता यदि और किसी कारण से इनकी शादी रुक नहीं सकती, तो मात्र इसी कारण रोक दी जानी चाहिए कि इसके होने वाले पति का नाम निहायत ही भद्दा है...कालूमल...एक 'कालू' और फिर उस पर 'मल'...लानत है...आख़िर इसका मतलब क्या हुआ?

परन्तु फिर सोचता कि यदि पुष्पा की शादी कालूमल बजाज से न हुई, तो किसी घसीटाराम हलवाई या किसी किरोड़ीमल सराफ से हो जायेगी। फिर भी, वह उससे प्रेम नहीं कर सकता था, और यदि करता तो उसे हिन्दू-मुस्लिम फ़साद का डर था। मुसलमान और हिन्दू लड़की से प्रेम करे...प्रेम करना तो वैसे ही बहुत बड़ा अपराध है...और फिर मुसलमान लड़के और हिन्दू लड़की का प्रेम...नीम पर करेला चढ़ाने वाली बात थी।

शहर में कई हिन्दू-मुस्लिम दंगे हो चुके थे। परन्तु जिस गली में सईद रहता था, यह अभी तक सुरक्षित थी। यदि वह पुष्पा, विमला या राजकुमारी से प्रेम करने का इरादा कर लेता तो मुसीबत ही हो जाती। हिन्दू-मुस्लिम दंगों से सईद को सख़्त घृणा थी।

राजकुमारी, जो इन दोनों से छोटी थी, उसे पसन्द थी। उसके ओंठ, जो साँस की कमी के कारण थोड़ा सा खुले रहते थे, उसे बेहद पसन्द थे। उनको देख कर उसे हमेशा ख़याल आता था कि शायद एक चुम्बन उनके साथ छू कर आगे निकल गया है। एक बार उसने राजकुमारी को, जो अभी अपनी उम्र की चौदहवीं मंज़िल तय कर रही थी, अपने मकान की तीसरी मंज़िल पर स्नानघर में नहाते देखा था। अपने मकान की झिर्रियों से जब सईद ने उसकी तरफ़ देखा, तो उसे ऐसा महसूस हुआ कि उसका कोई बेहद अछूता विचार दिमाग़ में से उतर कर सामने आ खड़ा हुआ है। सूर्य की किरणें उसके नंगे शरीर पर फ़िसल रही थीं। इन किरणों ने उसके गोरे शरीर को सोने के रंग में बदल दिया था। बाल्टी में से जब उसने लोटा निकाला और खड़ी हो कर अपने शरीर पर पानी डाला, तो वह सोने की पुतली दिखायी दी। पानी की मोटी-मोटी बूँदें उसके शरीर पर से गिर रही थीं, जैसे सोना पिघल-पिघल कर गिर रहा था।

राजकुमारी पुष्पा और विमला की तुलना में बहुत होशियार थी। उसकी पतली-पतली उँगलियाँ, जो हर समय हिलती रहतीं, जैसे मोजे बुन रही हैं, उसे बहुत पसन्द थीं। उन उँगलियों में चमक थी। और इस चमक की गवाही क्रोशिये और सूई के उन कामों से मिलती थी, जिन्हें वह कई बार देख चुका था।

एक बार राजकुमारी के हाथ का बना हुआ मेजपोश देख कर उसे ख़याल आया कि उसने अपने दिल की बहुत सी धड़कनें भी अनजाने में उसके छोटे-छोटे ख़ानों में गूँथ दी हैं। एक बार जब वह उसके बिलकुल पास खड़ी थी, उसके दिल में प्रेम करने की इच्छा उभरी। परन्तु जब उसने राजकुमारी की तरफ़ देखा, तो वह उसे

मन्दिर की शक्ल में दिखायी दी, जिसके निकट ही वह ख़ुद मस्जिद की शक्ल में खड़ा था...

गली की तमाम लड़कियों की तुलना में यह हिन्दू लड़की अधिक योग्य नज़र आती थी। उसके माथे पर हर समय पड़ी एक त्यौरी उसे बहुत अच्छी लगती थी। उसका माथा देख कर वह दिल ही दिल में कहा करता, जब भूमिका इतनी दिलचस्प है, तो पता नहीं पुस्तक कितनी दिलचस्प होगी...मगर...आह...यह मगर?...उसके जीवन में यह मगर सचमुच का मगर बनकर रह गया था, जो उसे डुबकी लगाने से हमेशा रोक लेता था।

नम्बर सात फ़ातिमा उर्फ फ़ातो ख़ाली नहीं थी। उसके दोनों हाथ प्रेम में डूबे हुए थे। एक अमजद से, जो वर्कशाप में लोहे का काम करता था, और दूसरा उसके चचेरे भाई से, जो दो बच्चों का बाप था। फ़ातिमा उर्फ़ फातो इन दोनों भाइयों से प्रेम कर रही थी, जैसे एक पतंग से दो पेंच लड़ा रही हो। एक पतंग में जब दो और पतंग उलझ जायें, तो काफ़ी दिलचस्पी पैदा हो जाती है। परन्तु यदि इस तिगड्डे में एक और पेंच बढ़ जाये, तो प्रकट है कि यह उलझाव एक भूल-भुलैया बन जायेगा। इस तरह का उलझाव सईद को पसन्द नहीं था। इसके अतिरिक्त फ़ातो जिस तरह के प्रेम में उलझी थी, वह गिरावट वाला था। जब सईद इस तरह के प्रेम की कल्पना करता तो पुरानी प्रेम-कहानियों की बूढ़ी कुटनी पीले काग़ज़ों के ढेर में से उसकी आँखों के सामने लाठी टेकती हुई आ जाती और उसकी तरफ़ ऐसे देखती, जैसे कहना चाहती हो मैं आकाश से तारे तोड़ कर ला सकती हूँ, बता, तेरी नज़र किस लड़की पर है, यूँ चुटकियों में तुमसे मिला दूँगी।

नम्बर आठ जुबेदा उर्फ़ बेदी भरे-भरे हाथ-पाँव वाली लड़की थी। दूर से देखने पर गुँधे हुए मैदे का एक ढेर दिखायी देती थी। गली के एक लड़के ने उसको एक बार आँख मारी। बेचारे ने इस तरह से अपने प्रेम का प्रारम्भ किया था, परन्तु उसको लेने के देने पड़ गये। लड़की ने अपनी माँ को सारी रामकहानी कह सुनाई। माँ ने अपने बड़े लड़के से कान में बात की और अपनी इ़ज़्ज़त की दुहाई दी। इसका परिणाम यह हुआ कि एक आँख मारने के दूसरे दिन शाम को जब अब्दुल गनी साहब घर आये, तो उनकी दोनों आँखें सूजी हुई थीं। कहते हैं कि जुबेदा उर्फ़ बेदी चिक में से यह तमाशा देख कर बहुत खुश हुई। सईद को अपनी आँखें बहुत प्यारी थीं, इसलिए वह जुबेदा के बारे में एक क्षण के लिए भी सोचना नहीं चाहता था। अब्दुल गनी ने आँख मार कर अपने प्रेम को प्रकट करना चाहा था। सईद को यह तरीक़ा बाज़ारू लगता था। वह यदि उसको अपने प्रेम का सन्देश देना चाहता, तो अपनी जबान से काम लेता, जो दूसरे दिन ही काट ली जाती। काटने से पहले जुबेदा का भाई कभी न पूछता कि बात क्या है, बस, वह इ़ज़्ज़त के नाम पर छुरी चला देता। उसको इसका ख़याल कभी न आता कि वह ख़ुद छह लड़कियों की इज्जत लूट चुका

है, जिनकी बातें वह बड़े मजे से अपने मित्रों को सुनाया करता था।

नम्बर नौ, जिसका नाम उसे पता नहीं, पशमीने के व्यापारियों के यहाँ नौकर थी। एक बहुत बड़ा घर था, जिसमें चार भाई रहते थे। यह लड़की, जो कश्मीर में पैदा हुई थी, इन चारों भाइयों के लिए जाड़े में शाल का काम देती थी। गर्मी के मौसम में वे सब के सब कश्मीर चले जाते थे और वह अपनी किसी दूर की रिश्तेदार औरत के पास चली जाती थी। यह लड़की जो औरत बन चुकी थी, दिन में एक-दो बार उसकी नज़रों के सामने से अवश्य गुज़रती थी। और इसको देख कर वह हमेशा यही ख़याल किया करता था कि उसने एक औरत नहीं बल्कि तीन-चार औरतें इकट्ठी देखी हैं। इस लड़की की शादी के बारे में अब चारों भाई चिन्तित थे। वह इस लड़की को बहुत हिम्मती मानता था। वह घर का सारा काम अकेली सँभालती थी और इन चार व्यापारी भाइयों की सेवा में भी लगी रहती थी।

इन चार व्यापारी भाइयों को, जिनके साथ उसका शरीर सम्बन्धित था, वह एक ही नज़र से देखती थी। उसका जीवन, जैसा कि प्रकट है एक अजीब खेल था जिसमें चार आदमी भाग ले रहे थे। उनमें से प्रत्येक को यह समझना पड़ता था कि शेष तीनों मूर्ख हैं। और जब इस लड़की के साथ उनमें से कोई मिल जाता, तो वे दोनों मिलकर यह समझते होंगे कि घर में जितने आदमी रहते हैं, सबके सब अन्धे हैं। परन्तु क्या वह ख़ुद अन्धी नहीं थी? इस प्रश्न का उत्तर सईद को नहीं मिलता था। यदि वह अन्धी होती, तो एक समय में चार आदमियों से सम्बन्ध न जोड़ती। बहुत सम्भव है, वह उन चारों को एक ही समझती हो, क्योंकि स्त्री और पुरुष का शारीरिक सम्बन्ध एक जैसा ही होता है।

वह अपने जीवन के दिन बड़े मजे से बिता रही थी। चारों व्यापारी भाई उसे छिप-छिपकर कुछ न कुछ अवश्य देते होंगे। क्योंकि पुरुष जब स्त्री के साथ कुछ समय अकेले में बिताता है, तो उसके दिल में उसका मूल्य चुकाने की इच्छा अवश्य पैदा होती है।

सईद उसको अक्सर बाज़ार में शहाबुद्दीन हलवाई की दुकान पर खीर खाते या भाई केसर सिंह फल वाले की दुकान के पास फल खाते देखता था। उसे इन चीज़ों की ज़रूरत थी। और फिर जिस आज़ादी से वह फल और खीर खाती थी, उससे पता चलता था कि वह इनका एक-एक कण हज़म करने का इरादा रखती है।

एक बार सईद शहाबुद्दीन की दुकान पर फालूदा पी रहा था और सोच रहा था कि इसे कैसे हज़म कर सकेगा कि इतने में वह आयी और चार आने की खीर में एक आने की रबड़ी डलवा कर दो मिनटों में सारी प्लेट चट कर गयी। यह देख कर सईद को ईर्ष्या हुई। जब वह चली गयी, तो शहाबुद्दीन के मैले ओंठों पर एक मैली-सी मुस्कान उभर आयी, और उसने किसी को भी, जो सुन ले कहा—"साली मजे कर रही है।"

यह सुन कर उसने उस लड़की की तरफ़ देखा, जो कूल्हे मटकाती फलों की दुकान के पास पहुँच चुकी थी और शायद भाई केसर सिंह की दाढ़ी का मज़ाक़ उड़ा रही थी...वह हर समय खुश रहती थी। परन्तु उसको देख कर सईद को बहुत दुख होता था। जाने उसके दिल में यह इच्छा क्यों पैदा होती थी कि वह खुश न रहे।

सन् 1930 के शुरू तक वह इस लड़की के सम्बन्ध में यही निर्णय लेता रहा कि इससे प्रेम नहीं किया जा सकता।

दो

सन् इकतीस के शुरू होने में रात के कुछ ठण्डे घण्टे शेष थे। सईद ठण्ड अधिक होने के कारण अपनी रजाई में काँप-सा रहा था। वह पैंट और कोट पहने हुए ही लेटा हुआ था। परन्तु इसके बावजूद ठण्ड की लहरें उसकी हड्डियों तक पहुँच रही थीं। वह उठ खड़ा हुआ और अपने कमरे की हरी रोशनी में, जो ठण्ड को बढ़ा-सी रही थी, उसने ज़ोर-ज़ोर से टहलना शुरू कर दिया, ताकि ख़ून कुछ गर्म हो जाये।

थोड़ी देर यूँ चलने-फिरने के बाद जब उसके अन्दर गर्मी पैदा हुई, तो वह आरामकुर्सी पर बैठ गया और सिगरेट सुलगा कर अपना दिमाग़ टटोलने लगा। उसका दिमाग़ क्योंकि बिलकुल ख़ाली थी, इसलिए उसकी सुनने की शक्ति इस समय बढ़ गयी थी। कमरे की सारी खिड़कियाँ बन्द थीं, परन्तु वह बाहर गली में हवा की मद्धम गुनगुनाहट बड़ी आसानी से सुन रहा था। इसी गुनगुनाहट में उसे लोगों की आवाज़ें सुनाई दीं। एक दबी-दबी चीख़ दिसम्बर की अन्तिम रात की चुप्पी में उभरी। फिर किसी की मिन्नतें करने जैसी काँपती-सी आवाज़ आयी। वह उठ खड़ा हुआ और उसने खिड़की की दराज में से बाहर की तरफ़ देखा।

वही...वही लड़की यानी व्यापारियों की नौकरानी बिजली के लैम्प के नीचे खड़ी थी, केवल एक सफ़ेद बनियान में। बिजली की सफ़ेद रोशनी में ऐसा मालूम होता था कि उसके शरीर पर बर्फ़ कर एक पतली-सी तह जम गयी है। उस बनियान के नीचे उसकी छातियाँ नारियलों की तरह लटकी हुई थीं। वह इस तरह से खड़ी हुई थी, जैसे अभी-अभी कुश्ती ख़त्म की हो। इस हालत में उसे देख कर सईद के साफ़ विचारों को धक्का-सा लगा।

इतने में किसी पुरुष की भिंची हुई आवाज आयी—"ख़ुदा के लिए अन्दर चली आओ...कोई देख लेगा तो आफ़त ही आ जायेगी।"

जंगली बिल्ली की तरह गुर्रा कर लड़की ने कहा—"नहीं आऊँगी...बस एक बार जो कह दिया, नहीं आऊँगी।"

सबसे छोटे व्यापारी की आवाज़ आयी—"ख़ुदा के लिए ऊँचे न बोलो...कोई सुन

लेगा राजो...”

तो इसका नाम राजो था।

राजो ने अपनी चुटिया को झटका देकर कहा—“सुन ले, ख़ुदा करे कोई सुन ले...और अगर तुम ऐसे ही मुझे अन्दर आने के लिए कहते रहे, तो में ख़ुद मुहल्ले भर को जमा कर सब कुछ कह दूँगी...समझे...”

राजो सईद को नज़र आ रही थी। परन्तु जिससे वह यह सब कह रही थी, वह नज़रों से ओझल था। उसने बड़े छेद में से राजो की तरफ़ देखा तो उसके शरीर में झुरझुरी सी उठ आयी। यदि वह सारी की सारी नंगी होती तो तब भी उसके विचारों को इतना धक्का न लगता। उसके शरीर के कई भाग नंगे थे, जो दूसरे भागों को भी बेपरदा कर रहे थे। राजो बिजली के खम्भे के नीचे खड़ी थी। सईद को ऐसा महसूस हुआ कि औरत के सम्बन्ध में उसके तमाम भाव अपने कपड़े उतार रहे हैं।

राजो की मांसल बाँहें, जो कन्धों तक नंगी थीं, अजीब तरह से लटकी हुई थीं, मरदाना बनियान के खुले और गोल गले में से उसकी डबलरोटी जैसी मोटी और नर्म छातियाँ कुछ इस तरह से बाहर झाँक रही थीं, जैसे सब्जी की टूटी हुई टोकरी में से गोश्त के टुकड़े दिखायी दे रहे हों। अधिक पहनने से घिसी हुई पतली बनियान का निचला घेरा अपने आप ऊपर को सिमट गया था और उसकी नाफ़ का गड्ढा उसके खमीरे आटे जैसे फूले हुए पर यूँ दिखलाई देता था, जैसे किसी ने वहाँ उँगली से दबा दिया हो।

यह दृश्य देख कर सईद का मूड ख़राब हो गया। उसने चाहा कि खिड़की से हटकर अपने बिस्तर की तरफ़ चला आये और सब कुछ भूल-भाल कर सो जाये, परन्तु न जाने क्यों वह उस छेद पर आँख जमाये खड़ा रहा। राजो को इस हालत में देख कर उसके दिल में काफ़ी घृणा पैदा हो गयी थी, शायद इसी घृणा के कारण वह दिलचस्पी ले रहा था।

व्यापारी के सबसे छोटे लड़के ने, जिसकी आयु तीस वर्ष के लगभग होगी एक बार फिर मिन्नत के ढंग से कहा, ‘राजो, ख़ुदा के लिए अन्दर चली आओ। मैं तुमसे वादा करता हूँ कि फिर कभी नहीं सताऊँगा...लो, अब मान जाओ...देखो, ख़ुदा के लिए अब मान लो। यह तुम्हारी बगल में वकीलों का मकान है, उनमें से किसी ने देख लिया, तो बड़ी बदनामी होगी।’

राजो चुप रही। परन्तु थोड़ी देर के बाद बोली, “मुझे मेरे कपड़े ला दो। बस, अब मैं तुम्हारे यहाँ नहीं रहूँगी। मैं तंग आ गयी हूँ। मैं कल से वकीलों के घर नौकरी कर लूँगी...समझे!...अब अगर तुमने मुझसे कुछ कहा, तो ख़ुदा की क़सम शोर मचाना शुरू कर दूँगी...मेरे कपड़े चुपचाप ला करदे दो...”

व्यापारी के लड़के की आवाज आयी, “लेकिन तुम रात कहाँ काटोगी?”

राजो ने कहा, “जहन्नम में, तुम्हें इससे क्या? जाओ, तुम अपनी बीवी की बगल गर्म करो। मैं कहीं न कहीं सो जाऊँगी।” उसकी आँखों में आँसू थे...आँसू...वह

सचमुच रो रही थी।

छेद पर से आँख हटा कर सईद पास पड़ी कुर्सी पर बैठ गया और सोचने लगा। राजो की आँखों में आँसू देख कर उसे एक अजीब तरह का धक्का लगा। इसमें कोई सन्देह नहीं कि इस धक्के के साथ वह घृणा भी लिपटी हुई थी, जो राजो को इस हालत में देख कर सईद के दिल में पैदा हुई थी। परन्तु नर्म-दिल होने के कारण वह पिघल-सा गया। राजो की आँखों में आँसू देख कर उसका मन चाहा कि उठ कर उसे दिलासा दे।

राजो की जवानी के चार मूल्यवान वर्ष व्यापारी भाइयों ने मामूली चटाई की तरह इस्तेमाल किये थे। इन वर्षों में चारों भाइयों के पैरों के निशान कुछ इस तरह आपस में मिल-जुल गये थे कि उनमें से अब किसी को इस बात का डर ही नहीं रहा था कि कोई उनके पैरों के निशान पहचान लेगा। और राजो के सम्बन्ध में यह कहा जा सकता है कि वह न अपने पैरों के निशान देखती थी, न दूसरों के। उसे बस चलते जाने की धुन थी, किसी भी तरफ़। मगर अब शायद उसने मुड़ कर देखा था...मुड़ कर उसने क्या देखा था जो उसकी आँखों में आँसू आ गये...यह सईद को मालूम नहीं था।

जो चीज़ मालूम न हो, उसको मालूम करने की इच्छा शायद हर व्यक्ति के दिल में पैदा होती है। कुर्सी पर बैठा सईद देर तक अपनी जानकारियों को उलट-पलट करके सोचता रहा। और जब उठ कर उसने कुछ और देखने के लिए छेद पर आँख जमाई, तो राजो वहाँ नहीं थी। देर तक वह उधर ही देखता रहा। परन्तु उसे लैम्प की ठण्डी रोशनी, गली के ऊँचे-नीचे फ़र्श, और गन्दी नाली के सिवा, जिसमें पालक के ढेर सारे डण्ठल पड़े थे और कुछ नज़र नहीं आया।

बाहर सन् तीस की अन्तिम रात दम तोड़ रही थी, और उसका दिल धक-धक कर रहा था।

राजो कहाँ है...क्या अन्दर चली गयी है...क्या मान गयी है? परन्तु सवाल है कि वह किस बात पर झगड़ी थी।

राजो के काँपते हुए नथुने अभी तक सईद को नज़र आ रहे थे। निश्चय ही उसके और व्यापारी के छोटे लड़के के बीच, जिसका नाम महमूद था, किसी बहुत बड़ी बात पर झगड़ा हुआ था। तभी तो वह दिसम्बर की ख़ून जमा देने वाली रात में सिर्फ़ एक बनियान और सलवार के साथ बाहर निकल आयी थी और अन्दर जाने का नाम तक न लेती थी।

जब सईद सोचता कि उनके बीच झगड़े का कारण...परन्तु वह इस कारण पर ग़ौर नहीं करना चाहता था। कितना भयानक दृश्य उसकी आँखों के सामने आ जाता। परन्तु वह सोचता कि यह बात झगड़े का कारण नहीं होगी, क्योंकि उन दोनों को तो इसकी आदत थी। एक जमाने से राजो इन व्यापारी भाइयों को बड़े ढंग से एक ही मेज़ पर खाना खिला रही रही थी। परन्तु अब अचानक क्या हो गया था?

राजो के यह शब्द उसके कानों में मक्खी की तरह भनभना रहे थे..."जहन्नम में...तुम्हें इससे क्या? जाओ, तुम अपनी बीवी की बगल गर्म करो...मैं कहीं न कहीं सो जाऊँगी।" इन शब्दों में दर्द था।

उसको दुखी देख कर सईद के एक अनजाने भाव को शान्ति ज़रूर पहुँची थी। परन्तु उसके साथ ही उसके दिल में दया का भाव भी जन्मा था। किसी औरत से उसने आज तक सहानुभूति प्रकट नहीं की थी। वह उसको दुखी देखना चाहता था ताकि वह उससे सहानुभूति प्रकट कर सके...। वह उससे सहानुभूति प्रकट कर सकता था, इसलिए कि वह उसको सह लेती। यदि वह गली की किसी और लड़की से सहानुभूति प्रकट करता, तो अनिवार्यतः बहुत बड़ी मुसीबत हो जाती, क्योंकि उस सहानुभूति का मतलब कुछ और ही लिया जाता।

राजो के सिवा गली की तमाम लड़कियाँ ऐसा जीवन बिता रही थीं, जिसमें ऐसे क्षण बहुत ही कम आते हैं, जब उनसे विशेष तरह की सहानुभूति की जा सकती है। और यदि ऐसे क्षण आते हैं, तो वह तुरन्त ही उनके सीनों में दफ़न हो जाते हैं। अगर मुहब्बत की कोई चिता तैयार होती है, तो आस-पास के लोग उस पर राख डाल देते हैं कि चिंगारियाँ न उठें।

सईद सोचता कि यह कितना कष्टदायी जीवन है। किसी को अनुमति नहीं कि वह अपने जीवन के गड्ढ़े दूसरों को दिखाये। वह लोग, जिनके क़दम मज़बूत नहीं उनको अपनी लड़खड़ाहटें छिपानी पड़ती हैं क्योंकि इसका रिवाज है। हर व्यक्ति को एक ज़िन्दगी अपने लिए और एक दूसरों के लिए गुज़ारनी होती है। आँसू भी दो तरह क़े होते हैं, ठहाके भी दो तरह के। एक वह आँसू, जो ज़बर्दस्ती आँखों से निकालने पड़ते हैं और एक वह, जो अपने आप निकलते हैं। एक ठहाका वह है जो अकेले में ही छोड़ा जा सकता है, दूसरा वह है, जो विशेष तरीक़े पर पाबन्दी से गले से निकालना पड़ता है।

सईद ठीक ही सोचता था कि राजो की सदा मुस्कराती आँखों में आँसू नज़र आयें और वह इन आँसुओं को सभ्यता की दीवारें तोड़ कर अपनी उँगलियों से छुए। वह अपने आँसुओं का स्वाद अच्छी तरह जानता था, परन्तु वह दूसरों की आँखों के आँसू भी चखना चाहता था। विशेष रूप से किसी औरत के आँसू। उसकी यह इच्छा तेज हो गयी थी।

सईद को विश्वास था कि यदि वह राजो के निकट होना चाहेगा तो वह जंगली घोड़ी की तरह बिदकेगी नहीं। राजो ग़िलाफ़-चढ़ी औरत नहीं थी। वह जैसी भी थी, दूर से नज़र आ जाती थी। वह बिलकुल साफ़ थी। उसकी भद्दी और मोटी हँसी, जो अक्सर उसके मटमैले ओंठों पर बच्चों के टूटे हुये घरौंदे की तरह नज़र आती थी, असली हँसी थी। उसकी उन्हीं स्वस्थ और हमेशा हिलती रहने वाली आँखों ने अब जो आँसू उगले थे तो उनमें कोई बनावट नहीं थी।

राजो को सईद एक अर्से से जानता था। उसकी आँखों के सामने उसके चेहरे की रेखाएँ बदली थीं और वह देखते ही देखते लड़की से औरत बन गयी थी। क्योंकि उसके अन्दर एक की बजाये तीन-चार औरतें थीं, यही कारण है कि चार व्यापारी भाइयों को वह भीड़ नहीं समझती थी। यह...यह भीड़ सईद को पसन्द नहीं थी, इसलिए कि एक औरत के साथ उसको एक पुरुष देखने की ही आदत थी। परन्तु यहाँ राजो के मामले में उसे अपनी पसन्द और नापसन्द के बीच रुक जाना पड़ता था। क्योंकि भिन्न प्रकार के विचार उसके दिमाग़ में जमा हो जाते और किसी समय उसे न चाहते हुए भी राजो को शाबाशी देनी पड़ती। यह शाबाशी किस बात की थी, इसके सम्बन्ध में वह निश्चित रूप में कुछ नहीं कह सकता। इसलिए कि विचारों की भीड़-भाड़ में वह इस भाव को पहचानने में हमेशा असफल रहा था जो इस दर्द का कारण हुआ करता है।

गली के सब समझदार लोग राजो के बारे में जानते थे। मौसी मख़्तो गली की सबसे बूढ़ी औरत थी। उसका चेहरा ऐसा था कि जैसे पीले रंग के सूत की अँटियाँ बड़ी असावधानी से नोंच कर एक-दूसरे में उलझा दी गयी हों। यह बुढ़िया भी जिसकी आँखों को बहुत कम दिखायी देता था और जिसके कान लगभग बहरे थे, राजो से चिलम भरवा कर उसकी पीठ पीछे अपनी बहू से या जो कोई उसके पास बैठा हो, कहा करती थी, 'इस लौण्डिया को इस घर में ज़्यादा न आने दिया करो, वरना किसी दिन अपने ख़समों से हाथ धो बैठोगी।' यह कहते समय शायद उस बुढ़िया की तमाम झुर्रियों में उसकी जवानी की याद रेंग जाती थी।

राजो की अनुपस्थिति में सब उसको बुरा कहते थे, और उन गुनाहों के लिए ख़ुदा से माफ़ी माँगते थे जो शायद आगे चल कर उनसे हो जायें। औरतें जब राजो की चर्चा करती थीं, तो अपने को बहुत ऊँचा सिद्ध करती थीं, और दिल ही दिल में यह सोच कर फ़ख्र महसूस करती थीं कि उन्हीं के कारण औरत की इज़्ज़त बची हुई है।

सब राजो को बुरा समझते थे। परन्तु अजीब बात है कि उसके सामने आज तक किसी ने घृणा प्रकट नहीं की। बल्कि सब प्यार-मुहब्बत से उसके साथ पेश आते। परन्तु इस अच्छे व्यवहार का कारण उसका सदा खुश रहना और दूसरों को प्रभावित कर लेने का तरीक़ा ही था। व्यापारियों के घर के काम-काज से छुट्टी पाकर जब कभी किसी पड़ोसी के यहाँ जाती, तो वहाँ बेकार गप नहीं लगाती थी। कभी किसी के बच्चे के पोतड़े बदल दिये। कभी किसी की चोटी गूँथ दी। कभी किसी के सिर में से जूएँ निकाल दीं। वह बिना काम के कहीं बैठ ही नहीं सकती थी। उसके मोटे और भद्दे हाथों में बेहद फुरती थी। और उसका दिल हर समय इस ताक में रहता था कि किसी को खुश करने की कोशिश कर सके।

राजो दूसरों की सेवा में कई-कई घण्टे लगा देती थी। परन्तु शाबाश या धन्यवाद

सुनने के लिए एक मिनट भी प्रतीक्षा नहीं करती थी। मौसी मख्तो की चिलम भरती, सलाम किया और चल दी। मुसन्नफ़ साहब को बाज़ार से फ़ालूदा ला करदिया, उसके बच्चे को थोड़ी देर गोद में खिलाया और चली गयी। गुलाम मुहम्मद की बुढ़िया दादी की पिण्डलियाँ सहलाईं और उसकी दुआयें लिए बिना चल दी।

यह गठिया की मारी बुढ़िया, जो अपनी उम्र की ऐसी मंजिल पर पहुँच गयी थी, जहाँ उसका अस्तित्व होने या न होने के बराबर था और जिसे गुलाम मुहम्मद हुक्के का बेकार नेचा समझता था, वह राजो के हाथों एक अजीब तरह का आराम पाती थी। उसकी अपनी बेटियाँ उसके पाँव दाबती थीं, मगर उनकी मुट्ठियों में वह रस नहीं था जो राजो के हाथों में था। जब राजो उसकी पिण्डलियाँ सहलाती तो वह उसे फ़रिश्ता ही मानती। परन्तु उसके चले जाने के बाद तुरन्त ही कहा करती—"हरामज़ादी ने इसी तरह पैर दबा-दबा कर उन सौदागर बच्चों को फाँसा होगा।"

विचार जाने सईद को कहाँ से कहाँ ले गये। अचानक वह चौंका, और छेद पर आँख जमा कर उसने फिर बाहर की तरफ़ देखा। बिजली की रोशनी गली में ठिठुर रही थी। रात की ख़ामोश गुनगुनाहट सुनाई दे रही थी। परन्तु राजो वहाँ नहीं थी।

उसने खिड़की का दरवाज़ा खोला और बाहर झाँक कर देखा। इस सिरे से उस सिरे तक रात की ठण्डी चुप्पी छाई थी। ऐसा लगता था कि लालटेन के नीचे कभी कोई खड़ा ही नहीं हुआ था। पीली रोशनी में अजीब तरह की उदासी घुली हुई थी। उसका दिल भर आया।

सईद ने खिड़की का दरवाज़ा बन्द कर दिया। सोने के लिए उसे रजाई अपने ऊपर की तो एक बार ठण्ड उसकी हड्डियों तक पहुँचने लगी।

तीन

नया साल धूप सेंक रहा था।

सईद अभी तक बिस्तर में ही लेटा था। लेटा ही नहीं था, बल्कि गहरी नींद सो रहा था। वह रात भर जागता रहा था। कहीं सात बजे के आस-पास उसकी आँख लगी थी। यही कारण है कि ग्यारह बजने पर भी उसने जागने का नाम नहीं लिया था।

सिरहाने पड़ी हुई घड़ी ने बारह बार टन-टन की। परन्तु धातु की सी आवाज़ की बजाये उसके कानों ने राजो की आवाज़ सुनी, जैसे बड़ी दूर से आ रही हो। वह एकदम जाग गया। अचानक नींद से उठने पर उसे ऐसा महसूस हुआ, जैसे वह घबरा कर उठा है और उसका रेशमी पाज़ामा सँभालने के बावजूद नीचे फिसल गया है। उसकी हल्की-फुल्की नींद इसी तरीक़े से फिसल गयी थी। इस बौखलाहट में और

भी बढ़ोतरी हो ग़यी, जब उसने राजो को अपने सामने देखा...एकदम उसकी नज़रें खिड़की की तरफ़ उठीं, राजो की तरफ़ मुड़ीं...वहाँ से दरवाज़े की तरफ़ घूमीं और फिर-फिरा कर राजो पर जम गयीं।

राजो ने घड़ी की तरफ़ देखा और कहा..."मियाँ जी, बारह बज गये हैं। बीबी जी आपको बुलाती हैं। चाय तैयार है...।"

यह कह कर राजो ने घड़ी उठाई और उसमें कूक भरना शुरू कर दी। कूक भरने के बाद उसने तिपायी पर से पानी का गिलास उठाया और चली गयी।

इसका मतलब क्या है? क्या राजो व्यापारियों की नौकरी छोड़ कर यहाँ आ गयी है? सईद की समझ में न आता था कि बात क्या है। उसकी माँ बड़ी कृपालु थी। वह जानती थी कि राजो का चरित्र अच्छा नहीं। परन्तु इसके बावजूद वह उसे बुरा नहीं कहती थी। दिल का हाल ख़ुदा बेहतर जानता है। परन्तु जो सामने था, उससे सईद ने यही परिणाम निकाला कि उसकी माँ एक दयालु औरत है। उसकी माँ किसी को बुरा नहीं कहा करती थी। जब कभी वह सुनती कि फलाँ-फलाँ आदमी ने चोरी की है, तो कहा करती, बेचारे को ज़रूरत ने मजबूर किया होगा।

राजो की बुराइयाँ सुन कर उसने कई बार कहा, "किसी ने आँख से तो उसकी बुराइयाँ नहीं देखीं। क्या पता कि यह सब झूठ ही हो। अल्लाह से हर वक़्त डरना चाहिए। हम ख़ुद बहुत गुनहगार हैं।"

सईद की माँ अपने को दुनिया की सबसे बड़ी गुनहगार औरत समझती थी। एक बार सईद ने मज़ाक़ में अपनी माँ से कहा था, "बीबी जी, आप हर वक़्त कहती रहती हैं, मैं गुनहगार हूँ...मैं गुनहगार हूँ, कहीं ऐसा न हो कि फरिश्ते आपको सचमुच गुनहगार समझ कर दोज़ख़ में धकेल दें। हाँ, यह तो बताइये, क्या उस वक़्त भी आप यही कहे जायेंगी, मैं गुनहगार हूँ...मैं गुनहगार हूँ।"

सईद बहुत देर तक सोच-विचार के बाद इस परिणाम पर पहुँचा, क्योंकि मेरी माँ नमाज़ पढ़ने और रोज़े रखना पसन्द करती है, इसलिए ख़ामख़ाह उसे अपने आप को गुनहगार समझना पड़ता है। और क्योंकि अब उसे नमाज़ और रोज़े की आदत हो गयी है, इसलिए हर समय गुनाह का ख़याल करना भी उसकी आदत में शामिल हो गया है।

सईद गुनाह और सवाब के झगड़े में अपने दिमाग़ को फँसाने ही वाला था कि उसे राजो का ख़याल आया, जो अभी-अभी उसके कमरे से बाहर गयी थी। दो बातें हो सकती हैं...या तो वह व्यापारियों की नौकरी छोड़ कर हमारे यहाँ चली आयी है और मेरी माँ ने कृपा करके उसे अपने पास रख लिया है, या फिर व्यापारियों ही के पास है और वैसे ही इधर निकल आयी है और जैसा कि उसकी आदत है, शीशे का गिलास उठा कर ले गयी है, जो तिपाई पर पड़ा था। परन्तु रात वाली घटना...। उसने राजो के चेहरे पर उस घटना के चिह्न देखने की चेष्टा की थी, परन्तु वह कोरी स्लेट

की तरह साफ़ था।

बिना किसी कारण के एकदम सईद का दिल घृणा से भर गया। उसे राजो से घृणा थी! अपनी कल्पना में वह राजो का चित्र खींचता था, मगर यह सोचकर उसे धक्का-सा लगता था, जब वह देखता कि राजो का पल्लू चार पुरुषों से बँधा है। इससे पहले भी बड़ी सोच-विचार के बाद वह इसी परिणाम पर पहुँचा था कि उसे राजो से घृणा है। परन्तु यह चीज उसे बहुत सताती थी कि राजो को अपने आप से घृणा नहीं है, वह अपने आपसे बहुत खुश थी।

एक बार सईद से ऐसी हरकत हो गयी, जो कमीनेपन की सीमा तक बुरी थी। उसके जमीर ने जब उसको खरी-खरी सुनाई, तो वह कई दिनों नहीं, कई महीनों तक अपने आपसे नाराज़ रहा। उसका ख़याल था कि जिस तरह लोग बुरी हरकतों पर दूसरों को घृणा की दृष्टि से देखते हैं, इसी तरह ऐसे अवसरों पर वह अपने आप से भी ऐसा ही सलूक करते हैं। परन्तु राजो या तो अपने आप से बेख़बर थी, या उसके अन्दर वह भाव ही नहीं था, जो तुला का काम देता है।

इस लड़की के बारे में सईद ने इतना सोचा कि अब और सोचने से ही उसे क्रोध आता था। वह उसके बारे में बिलकुल सोचना नहीं चाहता था, इसलिए कि उसमें ऐसी कोई अनोखी बात ही नहीं थी, जिस पर ध्यान दिया जाये। वह एक बहुत ही गिरी हुई औरत थी। सईद उठ खड़ा हुआ और उसने इस तरह से राजो को अपने दिमाग़ से झटका, जैसे किसी घोड़े ने अपने शरीर से एक ही झुरझुरी से सारी मक्खियाँ उड़ा दी हों। उसने रात भर जागते रहने के बावजूद अब अपने को ताज़ा महसूस किया।

सूर्य की किरणें खिड़कियों के छेदों में से फँस-फँस कर कमरे के अन्दर प्रवेश कर ऐसी रोशनी पैदा कर रही थीं, जो बनावटी-सी लगती थी। उसने खिड़कियाँ न खोलीं और मेज़ के पास आरामकुर्सी पर बैठ गया। अभी वह अपने को कुर्सी में फैलाने की कोशिश ही कर रहा था कि राजो आ गयी। कुछ कहे बिना उसने एक-एक करके सब खिड़कियाँ खोलीं और झाड़-पोंछ कर दी। सईद उसकी इन हरकतों को ध्यान से देखता रहा। राजो के मोटे-मोटे हाथों की हरकत में कोई ख़ूबसूरती नहीं थी। शीशे के फूलदान को उसने उसी ढंग से साफ़ किया, जिस तरह से लोहे के कलमदान को किया था। झाड़न से उसने तस्वीरों की धूल पोंछी, आतिशदान पर रखी हुई तमाम चीजें साफ़ कीं, परन्तु कोई आवाज़ न पैदा होती थी। वह चलती थी, तो उसके क़दमों की थाप सुनाई नहीं देती थी। और जब बातें करती थी, तो ऐसा मालूम होता था कि हर बोल रुई के नर्म-नर्म गालों में लिपटा है। कान के परदों से उसकी आवाज़ टकराती नहीं थी, केवल छू-सी जाती थी। उसकी हर हरकत, उसकी हर आवाज़ ने रबड़सोल जूते पहन रखे थे। सईद उसे देखता रहा...नहीं, उसे सुनने की कोशिश करता रहा।

राजो ने गहरे हरे रंग का ऊनी पुलोवर पहन रखा था, जो कुहनियों पर से फट

रहा था। यह पुलोवर शायद उसे व्यापारी के सबसे बड़े बेटे ने दिया था। उसके नीचे गर्म कपड़े का कुरता था, जिस पर जगह-जगह मैल के गोल-गोल दाग थे। खादी की सलवार अधिक इस्तेमाल होने के कारण सलवार लगती ही नहीं थी। यह मालूम होता था कि उसने अपनी टाँगों पर एक गहरे रंग की चादर लपेट रखी थी। बहुत अधिक ध्यान से देखने पर इस सलवार के पायंचे नज़र आते थे, जो इतने खुले थे कि पैर गुम हो गये थे।

सईद उसके पायंचों की तरफ़ देख रहा था कि राजो मुड़ी और यह कह कर अपने काम में लग गयी—"आपकी चाय तैयार है। बीबी जी आपकी राह देख रही हैं।"

सईद का मन नहीं चाहता था कि उससे बोले, परन्तु जाने क्यों उसने पूछ लिया—"चाय बनाने के लिए उनसे किसने कहा था?"

राजो ने पलट कर आश्चर्य से उसकी तरफ़ देखा, "आपने...अभी-अभी तो आपने कहा था कि हाँ, तैयार की जाये..."

सईद कुर्सी पर से बिना किसी झिझक के उठ खड़ा हुआ। उसने कभी ऐसा नहीं कहा था, "सुबह की चाय साढ़े बारह बजे कौन पीता है। अब नाश्ता करूँगा, तो दोपहर का खाना रात ही को खाऊँगा...और रात का खाना..."

राजो हँस पड़ी..."रात का खाना...सुबह को..."

सईद तुरन्त गम्भीर हो गया, "इसमें हँसने की कौन-सी बात है? जाओ, बीबी जी से कह दो, मैं चाय नहीं पिऊँगा। खाना खाऊँगा। खाना तैयार है क्या?"

राजो अपने चेहरे से चाहते हुए भी हँसी को पूरी तरह से दूर न कर पायी। उसने धीरे से उत्तर दिया, "जी हाँ, तैयार है...मैं अभी बीबी जी से कह देती हूँ कि आप नाश्ता नहीं करेंगे, खाना खाएँगे", यह कह कर वह तेज़ी से दरवाजे की तरफ़ बढ़ी।

"देखो", सईद ने उसे रोका, "बीबी जी से कहना कि...मैं नाश्ता नहीं करूँगा, खाना खाऊँगा...मैं रात भर जागता रहा हूँ। समझ में नहीं आता, मेरी नींद को क्या हो गया था। गली में शोर हो, तो मुझे बिलकुल नींद नहीं आती। रात बाहर ख़ुदा जाने, क्या गड़बड़ हो रही थी...हाँ, तो मैं नाश्ता नहीं करूँगा, मगर चाय का एक प्याला पी लूँगा...और उसके बाद खाना खाऊँगा...यानी ठीक खाने के समय पर ...बीबी जी कहाँ हैं? रसोईघर में हैं या ऊपर धूप सेंक रही हैं। लेकिन ठहरो, मैं मालूम कर लूँगा। लेकिन तुम...तुम यहाँ क्या कर रही हो? मेरा मतलब यह है कि मेरे कमरे की चीज़ें साफ़ करने के लिए तुमसे किसने कहा था? यानी तुम यहाँ कैसे आ गयी हो...तुम तो सौदागरों के यहाँ थी...।"

एक ही साँस में सईद इतनी बातें कह गया और चोर नज़रों से उसके चेहरे की तरफ़ देखता रहा। सुर्ख़ी की एक हल्की-सी झलक उसको नज़र आयी थी, जब उसने बाहर गली में गड़बड़ की तरफ़ संकेत किया था। परन्तु उसके बाद वह उसके चेहरे पर कोई परिवर्तन न देख सका। राजो ने कोई उत्तर न दिया और कमरे से बाहर चली

गयी। जैसे उससे कुछ पूछा ही नहीं गया था। इस पर सईद को बहुत क्रोध आया। इसमें कोई सन्देह नहीं कि मैंने कुछ पूछने के लिए उससे बातें नहीं कीं, बल्कि ऐसे ही कुछ कहता चला गया हूँ। परन्तु मेरी इच्छा थी, इच्छा क्या, मुझे पूरा विश्वास था कि वह घबरा जायेगी और रात की घटना उसके चेहरे पर फूट निकलेगी। मगर यह औरत है या...या क्या है?

सईद उसके सम्बन्ध में ग़ौर करना नहीं चाहता था। परन्तु कोई न कोई बात ऐसी अवश्य हो जाती थी कि उसे सोच-विचार करना पड़ जाता था। यह औरत उसके जीवन में ख़ामख़ा दाख़िल होती चली जा रही थी। यह बात सईद को पसन्द नहीं थी। इसलिए उसने निर्णय किया कि वह उसे अपने मकान में नहीं रहने देगा।

जब वह अपनी माँ से रसोई में मिला, तो वह चाहते हुए भी राजो के बारे में कोई बात न कर सका। उसकी माँ ने, जो सईद से बहुत प्यार करती थी, चाय का प्याला बना कर कहा, "बेटा, रात तेरे दुश्मनों को नींद क्यों नहीं आयी? मुझे राजो ने अभी कहा है कि गली में कुछ गड़बड़ थी इसलिए तू सो नहीं सका...मैंने तो कुछ भी नहीं सुना...मैं कहती हूँ, अगर तू इधर मेरे कमरे में सो जाया करे, तो क्या हरज़ है, मुझे कई-कई बार रात में उधर तेरी तरफ़ आना पड़ता है। मेरे पास सोयेगा, तो यह मेरी बेचैनी तो दूर हो जायेगी...ले बाबा मैं कुछ नहीं कहती, जहाँ चाहे सो, अल्लाह तेरा निगहबान रहे...ले, चाय पी...मैं तुझसे कुछ नहीं कहती..."

सईद दरअसल राजो के बारे में कुछ कहने वाला था। और उसकी माँ ने समझा कि वह हमेशा की तरह यह कहेगा—बीबी जी, आप तो ख़ामख़ाह परेशान होती रहती हैं। मैं अकेला ही सोने का आदी हूँ—इसलिए वह चुप ही रहा। और उधर उसकी माँ ने उसकी ज़िद पर अधिक बहस न की। राजो चूल्हे के पास ख़ामोश बैठे रही।

चार

सईद के घर में राजो को नौकरी करते एक महीना बीत गया, मगर इस समय में चाहते हुए भी वह अपनी माँ से नहीं कह सका कि इसे निकाल दिया जाये। अब फ़रवरी के शुरू के दिन थे। ठण्ड धीरे-धीरे कम हो रही थी। पंजाब में फ़रवरी का महीना बहुत सुहाना होता है। सुबह जब वह सैर के लिए निकलता, तो हल्की-फुल्की ठण्डी हवा बहुत देर तक पीता रहता...उसे हर चीज ख़ूबसूरत लग रही थी।

इन्हीं दिनों की बात है। एक दिन जब वह कम्पनी बाग़ की सैर से घर वापस आया, तो उसे कुछ थकान महसूस हुई। बिस्तर में लेटते ही उसे बुखार आ गया। और फिर इतने ज़ोर का ज़ुकाम हुआ कि नाक मुर्दा सी हो गयी। दूसरे दिन खाँसी शुरू हुई। तीसरे दिन सीने में दर्द और धीरे-धीरे बुखार 105 डिग्री तक पहुँच गया।

उसकी माँ ने पहले दिन ही डॉक्टर को बुलवाया था, मगर उसकी दवा से कोई लाभ नहीं हुआ।

यह अजीब बात है कि जब सईद को तेज़ बुखार चढ़ता, तो उसका दिमाग़ असाधारण रूप में तेज़ हो जाता। ऐसी-ऐसी बातें उसके दिमाग़ में आतीं जो वैसे कभी सोच ही नहीं सकता था। उसके दिल और दिमाग़ में एक नया कोण पैदा हो जाता। जिसकी कल्पना वह साधारण स्थिति में नहीं कर सकता था। उसे ऐसा मालूम होता कि उसके तमाम विचार सान पर चढ़ कर नुकीले और तीखे हो गये हैं।

बुखार की हालत में वह दुनिया की तमाम समस्याओं पर ग़ौर करता, एक नयी रोशनी में, एक नये अनोखे अन्दाज़ में। वह दुनिया की निकम्मी से निकम्मी चीज़ पर ग़ौर करता। च्यूंटियों को उठा कर वह आसमान के तारों के साथ चिपका देता। आसमान के तारों को तोड़ कर ज़मीन पर बिखेर देता।

बुखार 105 डिग्री से कुछ ऊपर हुआ, तो सईद का दिमाग़ इतिहास में उलझ गया। सैकड़ों पृष्ठ देखते-देखते ही उलट गये। तमाम प्रसिद्ध घटनाएँ ऊपर तले उसके खट-खट करते दिमाग़ में से गुज़र गयीं। बुखार कुछ और ऊपर चढ़ा, तो पानीपत की लड़ाइयाँ ताजमहल की चिकनी इमारत में गडमड हो गयीं और कुतुब साहब की लाट कटी हुई बाँह में बदल गयी। फिर धीरे-धीरे चारों ओर धुन्ध ही धुन्ध छा गयी।

एकदम ज़ोर का धमाका हुआ, और उस धुन्ध में से महमूद गजनवी बिजली की तेज़ी वाले घोड़े पर सवार अपने लश्कर समेत बाहर निकला...और महमूद गजनवी का घोड़ा सोमनाथ के जगमग-जगमग करते मन्दिर के सुनहरे फाटक के सामने रुका।

महमूद गजनवी ने पहले लूटे हुए हीरों के ढेर की तरफ़ देखा। उसकी आँखें तमतमा उठीं। फिर उसने सोने की मूर्ति की तरफ़ देखा, और उसका दिल धड़कने लगा...राजो...महमूद गजनवी ने सोचा...यह कम्बख़्त राजो कहाँ से आ गयी? उसकी सल्तनत में इस नाम की औरत कौन थी? क्या वह उसे जानता है, क्या वह उससे मुहब्बत करता है? मुहब्बत का ख़याल आते ही महमूद गजनवी ने ज़ोरदार ठहाका लगाया। महमूद गजनवी और मुहब्बत! महमूद गजनवी को अपने गुलाम अयाज़ से मुहब्बत है, और अयाज़ राजो कैसे हो सकता है?

महमूद गजनवी ने उस सोने की मूर्ति पर चोटें लगाना शुरू कर दीं। गरज़ जब पेट पर लगा तो वह फट गया, और उसमें से शहाबुद्दीन की खीर और फ़ालूदा निकलने लगा। महमूद गजनवी ने जब यह देखा तो गरज़ उठा कर अपने सर पर दे मारा।

सईद का सर फट रहा था। महमूद गजनवी के सर पर जो गरज़ पड़ा था उसका धमाका उसके सर में गूँज रहा था। जब उसने करवट बदली तो छाती पर कोई ठण्डी-ठण्डी चीज़ रेंगती महसूस हुई। सोमनाथ और सोने की मूर्ति उसके दिमाग़ से

निकल गयी। धीरे-धीरे उसने अपनी गर्म-गर्म आँखें खोलीं। राजो फ़र्श पर बैठी पानी में कपड़ा भिगो-भिगो कर उसके माथे पर लगा रही थी।

जब राजो ने माथे पर से कपड़ा उतारने के लिए हाथ बढ़ाया तो सईद ने उसको पकड़ लिया और अपने सीने पर रख कर धीरे-धीरे प्यार से अपना हाथ उस पर फेरना शुरू कर दिया। उसकी सुर्ख़ आँखें दो अंगारे बन कर देर तक राजो की तरफ़ देखती रहीं। राजो इस टकटकी को सहन न कर सकी और हाथ छुड़ा कर अपने काम में व्यस्त हो गयी।

तब वह बिस्तर में बैठ गया और कहने लगा—"राजो, राजो, इधर मेरी तरफ़ देख! महमूद गजनवी..." उसका दिमाग़ बहकने ही वाला था कि उसने आत्मविश्वास से काम लिया, और महमूद गजनवी का ख़याल झटक कर कहने लगा, "इधर मेरी तरफ़ देखो! जानती हो, मैं तुम्हारी मुहब्बत में गिरफ़्तार हूँ। बहुत बुरी तरह तुम्हारी मुहब्बत में फँस गया हूँ, जिस तरह कोई दल-दल में फँस जाये। मैं जानता हूँ, तुम मुहब्बत के क़ाबिल नहीं हो, मगर मैं यह जानते-बूझते तुम से मुहब्बत करता हूँ। लानत है मुझ पर...लेकिन छोड़ो इन बातों को...इधर मेरी तरफ़ देखो। ख़ुदा के लिए मुझ को तकलीफ़ न दो। मैं बुखार में उतना नहीं फूँक रहा...राजो...राजो...मैं...मैं...।" उसके विचारों का सिलसिला टूट गया और उसने डॉक्टर मुकन्दलाल भाटिया से कोनीन ही हानियों पर बहस शुरू कर दी।

"डॉक्टर भाटिया! मैं आपको कैसे समझाऊँ, यह कोनीन बहुत ज़्यादा नुकसानदेह चीज़ है। मैं मानता हूँ, कि कुछ अर्सा के लिए मलेरिया के जरासीम मार देती है, मगर नेचुरल तौर पर बीमारी दूर नहीं कर सकती। इसके अलावा इसकी तासीर बेहद खुश्क और गर्म है। मेरे कान बन्द हो गये हैं, और मेरा दिमाग़ बन्द हो गया है। ऐसा मालूम होता है कि दिमाग़ में और कानों में स्याहीचूस काग़ज़ ठूँस दिये गये हैं। मैं अब कोनीन का टीका नहीं लगवाऊँगा। और गजनवी...सोमनाथ...राजो...तुम सोमनाथ नहीं जाओगी...मेरे माथे पर हाथ रखो...उफ़...उफ़...यह क्या बेहदूगी है...मैं...मैं...मेरे दिमाग़ में बेशुमार ख़याल आ रहे हैं। बीबी जी, आप हैरान क्यों होती हैं। मुझे राजो से मुहब्बत है। हाँ-हाँ, इस राजो से जो सौदागरों के यहाँ नौकर थी, और जो अब आपके पास मुलाज़िम है। आप नहीं जानते कि इस औरत ने मुझे कितना ज़लील बना दिया है। इसलिए कि मैं इसके इश्क़ में गिरफ़्तार हूँ। मुझे तमाम ज़िल्लतें बर्दाश्त करनी होंगी, सारी गली का कूड़ा अपने सिर पर उठाना होगा, गन्दी नाली में हाथ डालने होंगे...यह सब कुछ हो कर रहेगा...यह सब कुछ हो कर रहेगा..."

धीरे-धीरे सईद की आवाज़ कमज़ोर होती गयी और उस पर बेहोशी छा गयी। उसकी आँखें आधी खुली थीं, परन्तु ऐसा लगता था कि पलकों पर बोझ सा आ पड़ा है। राजो पलँग के पास बैठ कर उसकी ऊटपटाँग बात-चीत सुनती रही...ऐसे बीमारों

की वह कई बार सेवा कर चुकी थी।

बुखार की हालत में जब उसने अपने प्रेम को स्वीकार किया तो राजो ने क्या महसूस किया इसके बारे में कुछ नहीं कहा जा सकता। इसलिए कि उसके भरे-भरे चेहरे पर कोई भाव नहीं थे। बहुत सम्भव है, कि उसके दिल के किसी कोने में सरसराहट पैदा हुई हो।

उसने रूमाल निचोड़ कर ताज़ा पानी में भिगोया और उसके माथे पर रखने के लिए उठी। अब की बार उसे इसलिए उठना पड़ा कि सईद ने करवट बदल ली थी। जब उसने धीरे से सईद का सिर इधर मोड़ कर उसके माथे पर गीला रूमाल जमाया तो उसकी आँखें ऐसे खुलीं जिस तरह लाल-लाल जख़्मों के मुँह टाँके उधड़ जाने पर खुल जाते हैं। उसने एक क्षण के लिए राजो के झुके हुए चेहरे की तरफ़ देखा, जिस पर गाल थोड़े से नीचे लटक आये थे, और एकदम उसे अपनी दोनों बाँहों में कस कर सईद ने इस ज़ोर से अपनी छाती से भींचा कि उसकी रीढ़ की हड्डी कड़-कड़ बोल उठी। उठकर उसने राजो को अपनी जाँघों पर लिटा दिया और उसके मोटे-मोटे और गुदगुदे ओंठों पर इस ज़ोर से अपने तपते हुए ओंठ रख दिये, जैसे वह गर्म-गर्म लोहे से उसे दागना चाहता है।

सईद की पकड़ इतनी ज़बरदस्त थी कि राजो कोशिश करने पर भी अपने को स्वतन्त्र न कर सकी। उसके ओंठ देर तक उसके ओंठों पर इस्तरी करते रहे। फिर हाँफते हुए अचानक उसने राजो को एक झटके से अलग कर दिया और उठकर यूँ बैठ गया, जैसे उसने कोई बहुत डरावना सपना देखा हो। राजो एक तरफ़ सिमट गयी। वह सहम गयी थी। उसके ओंठों पर अभी तक उसके पपड़ी जमे ओंठ महसूस हो रहे थे।

राजो ने उसकी तरफ़ कनखियों से देखा, तो वह उस पर बरस पड़ा, 'तुम यहाँ क्या कर रही हो...जाओ...जाओ...' यह कहते-कहते सईद ने अपने सिर को दोनों हाथों से थाम लिया, जैसे वह गिर पड़ेगा। उसके बाद वह लेट गया और धीरे-धीरे बड़बड़ाने लगा, 'राजो...मुझे माफ़ कर दो...मुझे कुछ पता नहीं, मैं क्या कह रहा हूँ, और क्या कर रहा हूँ। बस सिर्फ़ एक बात अच्छी तह से जानता हूँ कि मुझे तुझसे बहुत मुहब्बत है...ओ मेरे अल्लाह...हाँ, मुझे तुझसे मुहब्बत है, इसलिए नहीं कि तुम मुहब्बत करने के क़ाबिल हो, इसलिए नहीं कि तुम मुझसे मुहब्बत करती हो...फिर किसलिए...काश कि में इसका जवाब दे सकता। मैं तुमसे मुहब्बत करता हूँ, इसलिए कि तुम नफ़रत के क़ाबिल हो। तुम औरत नहीं हो, एक पूरा मकान हो, एक बहुत बड़ी बिल्डिंग हो, मगर मुझे तुम्हारे सब कमरों से मुहब्बत है, इसलिए कि वह ग़लीज़ हैं, टूटे हुए हैं...मुझे तुमसे मुहब्बत है, क्या यह अजीब बात नहीं?' यह कहकर सईद ने हँसना शुरू कर दिया।

राजो ख़ामोश रही। उस पर अभी तक सईद की पकड़ और उसके चुम्बन

का असर था। वह उठ कर कमरे से बाहर जाने का इरादा ही कर रही थी कि उसने फिर बड़बड़ाना शुरू कर दिया। राजो ने उसकी तरफ़ धड़कते हुये दिल से देखा। उसकी आँखें आधा खुली थीं और वह जैसे किसी अनुपस्थित आदमी से बातें कर रहा था...'तुम जालिम हो, इनसान नहीं, हैवान हो। मान लिया कि वह भी तुम्हारी तरह हैवान है, मगर फिर भी औरत है...औरत अगर टुकड़े-टुकड़े भी हो जाये, तब भी औरत रहती है...लेकिन तुम यह बातें कभी नहीं समझोगे, भैंस और औरत में तुम कोई फ़र्क़ नहीं समझते। लेकिन ख़ुदा के लिए जाओ और उसे अन्दर ले आओ। बाहर सर्दी में कपड़ों के बग़ैर उसका सारा ख़ून जम गया होगा। मैं पूछता हूँ, आख़िर उसके साथ तुम्हारी लड़ाई किस बात पर हुई...लालटेन के नीचे वह सिर्फ़ तुम्हारी बनियान पहने खड़ी है, और तुम...तुम...लानत है तुम पर...तुम समझते क्यों नहीं हो, राजो औरत है...पशमीने का थान नहीं...'

पहली बार राजो को मालूम हुआ कि उस रात वाली घटना से बीबी जी का लड़का परिचित है, इसलिए वह बहुत डर-सी गयी। लोग उसके और चार व्यापारी भाइयों के बारे में तरह-तरह की बातें करते थे। मगर वह जानती थी कि किसी ने भी अपनी आँखों से कुछ नहीं देखा। इसलिए वह कभी भयभीत नहीं हुई थी। परन्तु अब यहाँ उसके सामने बिस्तर पर वह आदमी लेटा था, जो सब कुछ देख और सुन चुका था। इस आदमी के बारे में आज तक उसने ग़ौर नहीं किया था। वह केवल इतना जानती थी, कि मियाँ गुलाम रसूल मरहूम का यह लड़का किसी से भी अधिक बातें नहीं क़रता और सारा दिन बैठक में मोटी-मोटी पुस्तकें पढ़ता रहता है। गली के दूसरे लड़कों के बारे में वह तरह-तरह की बातें सुनती थी। परन्तु उसके सम्बन्ध में उसने केवल यही सुना था कि मिज़ाज का अच्छा नहीं है। और मियाँ गुलाम रसूल मरहूम से भी अधिक इसे अपने ख़ानदानी होने पर गर्व है। इसके अतिरिक्त वह और कुछ नहीं जानती थी। मगर आज उसे मालूम हुआ कि वह उसके बारे में सब कुछ जानता है, और उससे प्रेम भी करता है।

उसके प्रेम का स्पष्टीकरण राजो के लिए कष्टप्रद न था। उसको दरअसल यह बात बड़ा कष्ट पहुँचा रही थी कि उस रात जब वह क्रोध के कारण दीवानी हो रही थी, उसने सब कुछ देख लिया। यह बड़ी शर्म की बात थी, इसलिए उसके दिल में यह इच्छा पैदा हुई कि बीबी जी का लड़का वह सब घटना भूल जाये। उसने थोड़ी देर अपने दिमाग़ पर ज़ोर दिया, और आख़िर एक तरीक़ा सोचकर उसने यह कहना शुरू किया—

'ख़ुदा क़सम...अल्लाह क़सम...यह सब झूठ है। मैं मस्जिद में कुरान उठाने के लिए तैयार हूँ। जो कुछ आप समझते हैं, बिलकुल ग़लत है। मैंने अपनी मर्ज़ी से सौदागरों की नौकरी छोड़ी है। वहाँ काम बहुत ज़्यादा था। और उस रोज रात को भी इसी बात का झगड़ा था। मैं दिन-रात कैसे काम कर सकती हूँ? चार नौकरों का काम

मुझ अकेली जान से कैसे हो सकता है मियाँ जी!'

सैयद बुखार में बेहोश पड़ा था। राजो जब अपने विचारानुसार तमाम आवश्यक बातें कर चुकी तो उसके दिल का बोझ हल्का हो गया। परन्तु उसने सोचा कि एक ही साँस में जितनी क़समें खायी हैं, शायद काफ़ी नहीं हैं, इसलिए उसने फिर कहा–'मियाँ जी, अल्लाह क़सम...यह सब मुझ पर झूठे इलजाम हैं। मैं कोई ऐसी-वैसी थोड़ी हूँ। मुझसे ज़्यादा काम नहीं हो सकता, इसलिए मैंने उनको छोड़ दिया। अब इतनी सी बात का बतंगड़ बन जाये, तो इसमें मेरा क्या क़सूर है?'

यह कहर कर जैसे उसने अपना कर्त्तव्य पूरा कर दिया। वह कमरे से बाहर जाने के बारे में सोच ही रही थी, कि सईद ने आँखों खोलीं, और पानी माँगा। राजो ने बड़ी फुर्ती से पानी का गिलास उसके हाथ में दे दिया और पास ही खड़ी रही ताकि वापस ले कर उसे तिपायी पर रख दे।

एक ही घूँट में गिलास का सारा पानी पीने के बाद उसकी प्यास थोड़ी बुझी। ख़ाली गिलास राजो के हाथ में देकर उसने नज़रें उठा कर उसकी तरफ़ देखा, कुछ कहना चाहा, परन्तु चुप हो गया और तकिये पर सिर रखकर लेट गया।

अब वह होश में था। उसने बड़ी संजीदगी से राजो को बुलाया–"राजो!"

राजो ने दबे हुए स्वर में उत्तर दिया–"जी।"

"देखो! बीबी जी को यहाँ भेज दो।"

यह सुन कर राजो को सन्देह हुआ कि वह बीबी जी को उस रात की सारी बात सुनाना चाहता है, इसलिए उसने फिर क़समें खाना शुरू कर दीं–

"मियाँ जी...अल्लाह की क़सम...और कोई बात नहीं थी। मेरा उनसे कोई इसी बात पर झगड़ा हुआ था कि मैं ज़र-ख़रीद लौंडी नहीं हूँ कि दिन-रात काम करती हूँ...आपने मेरी जुबान से इसके सिवा और क्या सुना था?"

बिस्तर पर सईद ने बड़ी मुश्किल से करवट बदली। ठण्डे पानी ने उसके शरीर मे कँपकँपाहट-सी दौड़ा दी थी। राजो की तरफ़ आश्चर्य से देख कर उसने पूछा–"क्या कह रही हो तुम?"

फिर तुरन्त ही उसे जब ख़याल आया कि बेहोशी की हालत में उससे कई बातें कर चुका हूँ और अपना प्रेम भी उस पर प्रकट कर चुका हूँ, तो उसे अपने आप पर बहुत क्रोध आया। मलेरिया के कारण उसके मुँह का स्वाद बहुत ख़राब हो गया था। अब इस ग़लती के एहसास ने उसके मुँह में और ज़्यादा कसैलापन पैदा कर दिया और उसको अपने आपसे घृणा होने लगी।

"मुझे राजो से बातें नहीं करना चाहिए था...राजो पर अपनी मुहब्बत का इज़हार तो बिलकुल नहीं करना चाहिए था...इसलिए कि वह इसके क़ाबिल ही नहीं है। मैंने राजो को अपने दिल का राज़ नहीं बताया बल्कि अपने तमाम वजूद को एक गन्दी मोरी में फेंक दिया है। इसमें कोई शक नहीं कि बेहोशी की हालत में मुझसे

यह ग़लती हुई। लेकिन अगर मैं कोशिश करता, तो ऐसा होने से रोक सकता था। मुझ में इतनी ताक़त है मगर अफ़सोस, इस बात का ख़याल ही न आया, और मैं बकता चला गया...”

जो कुछ वह राजो से कह चुका था, उसका एक-एक शब्द तो सईद को याद नहीं था, परन्तु वह सोच सकता था कि उसने क्या कहा होगा। वह इससे पहले अपने ख़यालों में राजो से कई बार बातें कर चुका था और हर बार लज्जित महसूस करता था। परन्तु अब सचमुच उसने उससे बातें की थीं, और उस पर अपना प्रेम भी प्रकट कर चुका था। दूसरे शब्दों में उसको वह रहस्य बता चुका था, जिससे वह ख़ुद को भी अनभिज्ञ रखना चाहता था...यह सईद के जीवन की सबसे बड़ी दुर्घटना थी।

राजो उसके सामने खड़ी थी। मलेरिया अपने ठण्डे हाथ उस पर फेर रहा था। एक बहुत ही तेज़ कँपकँपाहट उसके शरीर के हर कण में कनखजूरे की तरह रेंग रही थी, और उसके दिल में ऐसी पीड़ा पैदा हो रही थी, जो उसने इससे पहले कभी महसूस नहीं की थी। वह चाहता था कि एकदम से इतना बुखार चढ़े कि बेहोश हो जाये, ताकि जो कुछ हो, उसका अहसास कुछ समय के लिए उससे दूर रहे।

बड़ी मुश्किल से उसने ख़ुद को राजो से यह कहने पर तैयार किया—“बीबी जी को यहाँ भेज दो। मैं यहाँ मर रहा हूँ, कुछ मेरा भी तो ख़याल करें।”

इस पर राजो ने धीरे से कहा, “मैं जा कर कहती हूँ...”

“जाओ...ख़ुदा के लिए जाओ,” यह कहकर सईद ने रजाई अपने ऊपर ओढ़ ली और मलेरिया के ताज़े हमले के कारण ज़ोर-ज़ोर से काँपना शुरू कर दिया।

राजो कमरे से बाहर चली गयी।

पाँच

सईद को ठण्ड क्योंकि बहुत तेज़ लगी थी, इसलिए उसकी देख-भाल अच्छी न होने के कारण उसे निमोनिया हो गया और उसकी हालत बहुत ख़राब हो गयी। उसकी माँ बेचारी क्या कर सकती थी! दिन-रात दुआयें माँगने में लगी रहती थी। वह अपने बेटे के पास बैठी रहती। राजो ने भी सेवा मे कोई कोताही न की। परन्तु सईद को उसकी सेवा से आराम की बजाय तकलीफ ही होती थी।

सईद के दिल में कई बार आया कि अपनी माँ से साफ़-साफ़ कह दे कि राजो की उपस्थिति उसे पसन्द नहीं, परन्तु कोशिश के बावजूद वह ऐसा न कह सका।

डॉक्टर मुकन्दलाल भाटिया ने यह राय दी थी कि इसे हस्पताल में दाख़िल कर दिया जाये, तो ठीक रहेगा। वहाँ देख-भाल भी अच्छी तरह से हो सकेगी और दवा वगैरह भी वक़्त पर दी जा सकेगी। और इसके अतिरिक्त अच्छे से अच्छा डॉक्टर भी

जरूरत पर मिल सकेगा। मगर उसकी माँ नहीं मानती थी। हस्पताल से उसे सख़्त घृणा थी। परन्तु उसने लाडले बेटे ने ख़ुद हस्पताल में दाख़िल होने के लिए ज़िद की, तो वह दिल पर पत्थर रखकर ख़ामोश हो गयीं। उसने अपने बच्चे की आज तक कोई बात नहीं टाली थी। इसलिए निमोनिया होने के दूसरे दिन ही डॉक्टर मुकन्दलाल भाटिया उसे बड़ी सुरक्षा से हस्पताल ले गया और वहाँ स्पेशल-वार्ड में दाख़िल करा दिया।

हस्पताल में सईद कुछ दिनों के अन्दर-अन्दर ही ठीक हो गया। निमोनिया का हमला काफ़ी तेज़ था, मगर वह बच गया। बुखार भी दूर हो गया था। हस्पताल के कमरे में जिसकी हर चीज़ सफ़ेद थी उसको आत्मिक शान्ति मिली। क्योंकि राजो वहाँ नहीं थी, इसलिए उसके दिल पर जो बोझ-सा आ पड़ा था, वह भी बहुत हल्का हो गया। वह अब अपने पूर्ण स्वस्थ होने की तेज़ी से इच्छा करने लगा...परन्तु यह निश्चित था कि वह घर में नहीं रहेगा, जहाँ राजो उपस्थित थी। वह इस औरत को बर्दाश्त नहीं कर सकता था। उसे देख कर उसका कुछ ऐसा हाल हो जाता था, जो पहले कभी महसूस न हुआ था। इसमें कोई सन्देह नहीं कि वह उसके प्रेम में बुरी तरह जकड़ गया था, परन्तु वह इस प्यार को बिलकुल दबा देना चाहता था।

प्रकट है कि यह काम बहुत कठिन था। परन्तु वह इसमें सफलता पाने के लिए पूरी-पूरी चेष्टा कर रहा था। और उसने इस बीच ख़ुद को धीरे-धीरे इस बात का विश्वास भी दिलाया था कि राजो को भूल कर वह एक ऐसा कमाल का काम करेगा, जो आज तक कोई नहीं कर सका।

हस्पताल में दाख़िल होने के आठवें दिन कमज़ोरी के बावजूद सईद बहुत तरोताज़ा महसूस कर रहा था। सुबह-सबेरे जब सफ़ेद कपड़े पहने नर्स ने उसका टेंपरेचर लिया, तो उसने मुस्कराकर कहा, "नर्स, मैं तुम्हारा बहुत शुक्रगुजार हूँ। तुमने मेरी बहुत ख़िदमत की है। काश, मैं उसका बदला तुमसे मुहब्बत करके दे सकता?"

एंग्लो-इंडियन नर्स के ओंठों पर एक बारीक़ मुस्कान फैल गयी। आँखों की पुतलियाँ नचा कर उसने कहा, "तो क्यों नहीं करते...करो।"

उसने बग़ल से थर्मामीटर निकाल कर नर्स को दिया और कहा, "मैं अपने दिल के किवाड़ हमेशा के लिए बन्द कर चुका हूँ। तुमने उस वक़्त दस्तक दी है, जबकि वहाँ रहने वाला हमेशा के लिए कोठरी में सो गया है। मुझे इसका अफसोस है। तुम इस क़ाबिल हो कि तुमसे आइडोफ़ार्म की तेज बूसमेत मुहब्बत की जाये...मगर इट इज़ टू लेट माई डियर..."

नर्स हँस पड़ी और ऐसा लगा कि हार का धागा टूटने से मोती इधर-उधर बिखर गये हैं। उसके दाँत बहुत सफ़ेद और चमकीले थे। सईद नर्सों की कमज़ोरी से परिचित था, इसलिए उसने मुस्कराते हुये कहा, "नर्स, तुम अभी पूरी तरह जवान कहाँ हुई हो—शबाब आने दो, एक छोड़ पूरी दर्जन मुहब्बतें तुम्हारे इर्द-गिर्द चक्कर लगाना

शुरू कर देंगी। लेकिन उस वक़्त मुझे जरूर याद कर लेना...जिसने हस्पताल के इस कमरे में एक बार तुम्हारी पिण्डलियों की तारीफ़ की थी और कहा था, अगर चार होतीं, तो मैं अपने पलँग में पायों की जगह लगवा लेता।"

नर्स ने तख़्ती पर टेंपरेचर नोट किया और "यू नाटी ब्याय" कह कर अपनी पिण्डलियों की तरफ़ देखती हुई बाहर चली गयी।

सईद बहुत खुश था। या यूँ समझिये कि वह अपने आपको खुश करने की कोशिश कर रहा था। दरअसल वह राजो को किसी न किसी तरीक़े से भूल जाना चाहता था। कई बार उसको उस बातचीत का ख़याल आता, जो उसने बुखार की हालत में उससे की थी, परन्तु तुरन्त ही दूसरे ख़याल के नीचे उसे दबा देता।

हस्पताल में अब उसे चार दिन और रहना था। इसमें कोई सन्देह नहीं कि निमोनिया और मलेरिया ने उसकी बहुत-सी शक्ति छीन ली थी, परन्तु उसे अपनी कमज़ोरी का बिलकुल ख़याल नहीं था, बल्कि उल्टा वह खुश था। अब उसे ऐसा महसूस होता था कि बहुत सा ग़ैर-ज़रूरी बोझ उस पर से उठ गया है। विचारों में अब वह पहले-सा खिंचाव नहीं था, बुखार और निमोनिया ने फिल्टर का काम किया था। वह महसूस करता था कि अब उसमें वह भारीपन नहीं रहा, जो उसे पहले तंग करता रहा है। बुखार ने उसके नुकीले जज़्बात को घिस दिया था इसलिए अब उसे चुभन महसूस नहीं होती थी।

दिमाग़ बिलकुल हल्का हो गया था। जिस तरह धोबी मैले कपड़े को फटक-फटक कर उजला करता है, उसी तरह बुखार ने अच्छी तरह झिंझोड़-निचोड़ कर उसका सारा मैल निकाल दिया था।

जब नर्स अपनी पिण्डलियों की तरफ़ देखती हुई बाहर निकली, तो सईद दिल-ही-दिल में मुस्करा दिया था। फिर उसने सोचा, नर्स की पिण्डलियाँ वाकई ख़ूबसूरत हैं। दूसरे रोगियों के लिए ऐसे चार दिन बिताना बहुत मुश्किल था, परन्तु सईद ने बड़े मज़े से यह दिन काटे। शाम को उसके मित्र आ जाते थे। उनसे वह इधर-उधर की दिलचस्प बातें करता रहता। सुबह को उसकी माँ आती, तो अपनी ममता से उसका दिल खुश कर देती। दोपहर को वह सो रहता। और बीच में जब उसके पास कोई न होता, तो पत्रिकाएँ पढ़ता रहता, जिनका एक ढेर अब खिड़की की सिल पर जमा हो गया था।

जब हस्पताल से उसकी छुट्टी का समय आया, तो डॉक्टर, नर्स, नौकर और हस्पताल के एक-दो दूसरे लोग उसके कमरे में जमा हो गये। दो सफ़ाई वाले इनाम लेने के लिए खड़े थे। बाहर फाटक पर ताँगा खड़ा था, जिसमें उसका नौकर गुलाम नबी बैठा प्रतीक्षा कर रहा था। जैसे वह लंदन जा रहा है या लंदन से वापस आ रहा है, और उसके मित्र तथा अन्य लोग उसकी विदाई के लिए या उसके स्वागत के लिए जमा हुए हैं।

नर्स उसको बार-बार कह रही थी, "आपने अपनी सब चीज़ें याद से अटैची में रख ली हैं न?"

और वह बार-बार उसका उत्तर दे रहा था—"जी हाँ, रख ली हैं।"

नर्स फिर कहती थी, "वह आपकी घड़ी कहाँ है? देखिये, गद्दे के नीचे ही न पड़ी रहे।"

इस पर उसे कहना पड़ा, "मैंने घड़ी उठाकर अपनी जेब में रख ली है।"

"और आपका पैन?"

"वह भी मेरी जेब में है।"

"और आपकी ऐनक?"

"वह मेरी नाक पर है। आप अपना इत्मीनान कर सकती हैं।"

इस पर नर्स मुस्करा देती।

नर्स ने सईद की बहुत सेवा की थी। जैसे छोटे-छोटे बच्चों का कोई ख़याल रखता है, उसी तरह वह उसका ख़याल रखती थी। और अब वह हस्पताल से जा रहा था। वह उसको ऐसे विदा कर रही थी, जैसे माँ बच्चे को स्कूल भेजती है, और उसके दरवाज़े से बाहर निकलने तक कभी उसकी टोपी ठीक करती है या कभी उसकी कमीज़ के बटनों को बन्द करती रहती है। नर्स की इस तरह की सेवा ने उसे बहुत प्रभावित किया था। यही कारण है कि वह नर्स से हमेशा हँसते-मुस्कराते हुए बातें करता था।

जब सब कुछ ठीक-ठाक हो गया तो सईद नर्स से बोला, "नर्स, देखना मेरी टाई की नॉट कैसी है।"

नर्स ने टाई की नॉट की तरफ़ देखा, परन्तु तुरन्त ही समझ गयी कि उससे मज़ाक़ हो रहा है। वह मुस्करा दी, "बिलकुल ठीक है। मगर आप अपना आईना यहीं भूले जा रहे हैं।"

यह कह कर वह कमरे की अन्तिम खिड़की की तरफ़ बढ़ी। उसने वहाँ पड़ी टोकरी में से आईना उठाया और सईद की अटैची में उसे रखते हुए बोली, "क्यों जनाब, एक चीज़ तो आप भूल ही गये थे न?"

इस पर सईद ने कहा, "अब मुझे क्या मालूम कि आईने भी फलों और दूध की तरह टोकरी में रखे जाते हैं। मैंने तो उसे वहाँ नहीं रखा था। आपने कभी उसकी मदद से अपने ओंठों पर सुर्ख़ी लगायी होगी, और वह भी उस वक़्त, जबकि मैं सो रहा हूँगा।"

इस तरह की मजेदार बातों के बाद उसने डॉक्टर से हाथ मिलाया, कुछ काग़ज़ों पर हस्ताक्षर किये, नर्स वगैरह को धन्यवाद कहा, और दान-पात्र में कुछ रुपये डाल कर उस कमरे से बाहर निकल आया, जहाँ उसने पूरे पन्द्रह दिन बीमारी की हालत में गुज़ारे थे।

जब वह बाहर सड़क की तरफ़ निकला, तो उसने ऐसे ही मुड़ कर अपने पीछे

देखा, जिधर उसके कमरे की खिड़कियाँ खुलती थीं। तीन खिड़कियाँ बन्द थीं, मगर एक खुली थी, जिसमें से नर्स झाँक रही थी। जब उन दोनों की आँखें चार हुईं, तो नर्स ने अपना छोटा-सा सफ़ेद रूमाल लहराया और खिड़की बन्द कर दी...।

उसके मित्र अब्बास ने जब यह तमाशा देखा तो आँख मार कर रशीद से कहा, "भई, मुझे कुछ दाल में काला नज़र आता है।"

छह

पन्द्रह दिन की अनुपस्थिति के बाद जब सईद घर में दाख़िल हुआ, तो सबसे पहले उसे राजो नज़र आयी, जो बड़ी तेज़ी से दरवाज़े से बाहर निकल रही थी। वह उसे देख कर रुक गयी और तुतला-तुतला कर कहने लगी--"मियाँ जी, आप ठीक हो गये...ठीक हो गये...मैं...पाँच रुपये के पैसे लेनेज जा रही हूँ।"

यह कह कर वह चली गयी और सैयद ने चैन की साँस ली। आगे बढ़ा, तो उसकी माँ ने उसे झट छाती से लगा लिया और बलायें लेना शुरू कर दीं।

सैयद को अपनी माँ के हद से ज़्यादा बढ़े प्यार से बहुत उलझन होती थी। परन्तु अब उसकी तबीयत में एक तरह की नमी पैदा हो गयी थी, उसे माँ की मुहब्बत का जोश अच्छा मालूम हुआ और उसने खुशी महसूस की।

जब वह घर में दाख़िल हुआ, तो उसके साथ मेहमानों का सा सलूक़ किया गया। नये टी सेट में चाय दी गयी। अन्दर कमरे में नया कालीन बिछाया गया था। कुर्सियों पर नयी गद्दियाँ रखी थीं। पलँग पर वह चादर बिछी थी, जिस पर उसकी माँ ने बड़े परिश्रम से कढ़ाई का काम किया था। हर चीज़ सज़ा कर रखी गयी थी। कमरे में ऐसी फिज़ा पैदा हो गयी थी, जो मस्जिद में जुम्मा की नमाज़ पर देखने में आया करती है, जब बहुत से आदमी नहा-धो कर उजले कपड़े पहने होते हैं।

चाय पीकर वह देर तक अपनी माँ के पास बैठा रहा। गली की सब औरतें एक-एक करके आयीं और सईद के स्वस्थ होने पर उसकी माँ को बधाई देकर चली गयीं। जब फ़क़ीरों को पाँच रुपये के पैसे बाँटने का समय आया और गली में शोर होने लगा, तो सईद उठकर अपनी बैठक में चला आया।

गुलाम नबी ने कमरा ख़ूब साफ़ कर रखा था। सब-की-सब खिड़कियाँ खुली थीं। उसकी माँ को पता था कि वह अपने ही कमरे में जा कर बैठेगा। सिगरेट का नया टिन तिपायी पर रखा था और पास ही नयी माचिस भी पड़ी थी।

जब वह अपने कमरे में आया, तो उसने अपनी सब चीज़ों को ध्यान से देखा। हर चीज़ अपनी-अपनी जगह पर थी। वह कबूतर भी, जो बारह बजे तक उसके बाप की बड़ी तस्वीर के भारी फ्रेम पर ऊँघता रहता था।

थोड़ी देर तक वह साफ़ की हुई दरी पर नंगे पाँव टहलता रहा। इतने में उसके मित्र आने शुरू हो गये। दोपहर का खाना वहीं खाया गया जो कि परहेजी थी, परन्तु हस्पताल के खाने से बहुत ही अच्छा। खाने के बाद में सिगरेटों का दौरा चला और देर तक गप्पें चलती रहीं। इसी बीच अब्बास ने कहा—अमां, अस्पताल की वह लौण्डिया बुरी नहीं थी...।

रशीद ने मुस्करा कर कह, "आपका डबल निमोनिया बग़ैर दवा के यूँ ही तो अच्छा नहीं हो गया। कुछ नर्सें अमृतधारा होती हैं।"

अब्बास को रशीद की बात बहुत पसन्द आयी, "वाह, क्या बात कही है...नर्स और अमृतधारा...मैं समझता हूँ...सईद आधी बोतल ख़त्म कर दी होगी तुमने...भई, ऐसी दवाएँ बेदर्दी से इस्तेमाल नहीं की जातीं।"

सईद को यह बेकार की बातचीज अच्छी लगी। इसलिए उसने भी कहा—'क्या ख़याल है तुम्हारा, हस्पताल में उस जैसी तीखी नर्स शायद ही कोई दूसरी हो। भई, हस्पताल वालों की तारीफ़ करनी ही पड़ेगी कि उन्होंने मिस फ़रिया को मेरी खिदमत पर लगाया...यूँ तो इस शहर में किसी औरत की नंगी टाँग नज़र ही नहीं आती। और अब तो सर्दी का मौसम भी है। सब टाँगें मोटे-मोटे गिलाफ़ों में रहती हैं...इसलिए उसकी नंगी पिण्डलियों ने बड़ा आराम पहुँचाया...लेकिन तुमने उसकी पिंडलियाँ नहीं देखीं।'

अब्बास बोला, 'क्या उनका नाम भी मशहूर चीज़ों की लिस्ट में जोड़ दिया जाये?'

सईद ने कहा, "भई मज़ाक़ नहीं, उसने मेरी सचमुच बहुत ख़िदमत की है। मुझे बच्चा समझ मेरी देख-भाल करती थी। मामूली से मामूली चीज का ख़याल रखती थी। किसी वक़्त तो मेरा मुँह भी धुलाती थी, नाक भी पोंछती थी, जैसे मैं बिलकुल अपाहिज हूँ। मैं उसका बहुत अहसान-मन्द हूँ। मेरा ख़याल है कि उसको एक साड़ी तोहफ़े के तौर पर भेज दूँ। एक बार उसने कहा था कि उसे साड़ी पहनने का बहुत शौक़ है। क्यों अब्बास, तुम्हारा क्या ख्याल है?"

अब्बास ने कहा, "नेकी और पूछ-पूछ। मगर शर्त यह है कि साड़ी ले कर मैं जाऊँगा।"

"तय है, और यह भी तय है कि साड़ी सफ़ेद होगी, क्योंकि यह रंग मुझे पसन्द है..."

अगले दिन गोकुल मार्केट से अब्बास और सईद ने एक सफ़ेद रंग की साड़ी ली, जिसके किनारे-किनारे एक सफ़ेद तिल्ले का बार्डर दौड़ रहा था। मूल्य चुका कर और एक चिट पर अपना और नर्स का नाम लिख कर उसे साड़ी के साथ चिपका दिया गया। अब्बास ने डिब्बा बन्द किया और उसे ले कर हस्पताल की तरफ़ चला। जाने से पहले सईद ने अब्बास से कहा, "देखो, हस्पताल में जा कर इसे देना।"

अब्बास बोला, "मिस फ़रिया से मिलने घर जा रहा हूँ। हस्पताल में तो बीमार जाते हैं।"

अब्बास चला गया और शाम को वापस आया। जब सईद चाय-वाय पीकर अपनी माँ के पास थोड़ी देर बैठ कर अपने कमरे की तरफ़ आ रहा था कि दरवाज़े पर दस्तक हुई और किसी ने "ख़्वाजा साहब" कह कर बुलाया तो उसने समझ लिया कि अब्बास है और कोई दिलचस्प ख़बर लाया है। जब दोनों आराम से कमरे में बैठ गये, तो बातें शुरू हुईं।

अब्बास ने कहा, "भई मुझे ऐसा शक होता है कि उसे तुमसे बहुत बुरी तरह मुहब्बत है, और वह दिन-रात तुम्हारे फ़िराक़ में आँहें भरती रहती है, रात को सो नहीं सकती, वगैरह-वगैरह..."

"अरे भई नहीं..."

"तुम मज़ाक़ मत समझो, उसने ख़ुद तो कुछ नहीं कहा, मगर मैंने अन्दाज़ा लगाया है कि वह तुम्हारी मुहब्बत में गिरफ़्तार है। जाने तुमने उस पर क्या जादू कर दिया है..."

"अरे भई, पूरी बात तो सुनाओ..."

...मैं वहाँ गया। उसका ठिकाना मालूम किया। वह ड्यूटी पर नहीं थी, इसलिए उसने मुझे अपने छोटे से कमरे में बुला लिया। मेरे आने की वजह पूछी, मैंने साड़ी का डिब्बा उसको दे दिया। उसे खोल कर जब उसने साड़ी देखी तो आँखों में नमी पैदा हो गयी...कहने लगी, क्यों तकलीफ़ की, मगर मुझे यह साड़ी पसन्द है। उनकी पसन्द भी बहुत अच्छी है, हालाँकि मैं सफ़ेद कपड़े पहन-पहन कर तंग आ गयी हूँ। मगर इसमें एक ख़ास बात है...यह बार्डर कितना प्यारा है! अगर बड़ा होता, तो सारी ख़ूबसूरती खत्म हो जाती। मेरी तरफ़ से उनका बहुत-बहुत शुक्रिया अदा कीजियेगा ...लेकिन...लेकिन वह ख़ुद क्यों नहीं आये...उन्हें ख़ुद आना चाहिए था। यह कहते-कहते वह रुक-सी गयी और बात को बदल दिया—"आपने भी काफ़ी तकलीफ़ उठाई है। मुझे आपका भी शुक्रिया अदा करना चाहिए था..."

यह सुन कर सईद ने अब्बास से पूछा..."मगर इस बातचीत से क्या नतीजा निकलता है...कुछ भी नहीं..."

"अरे भई, मेरे बताने से क्या नतीजा निकलेगा। मैं मिस फ़रिया नहीं हूँ। तुम वहाँ होते, तो वही नतीजा निकालते, जो मैंने निकाला। और फिर उसने यह भी तो कहा कि आप ज़ब कम्पनी बाग़ की तरफ़ घूमने निकलें, तो मुझे ज़रूर मिलें। मेरे कमरे का नम्बर उसको बता दीजियेगा...तुम्हें मालूम है, इसके बाद उसे क्या कहा?"

"तुमसे कहा होगा, तशरीफ़ ले जाइए।"

"उसने छोटे से पैड पर तुम्हें ख़त लिखा। लेकिन थोड़ी देर सोच कर उसे फाड़ दिया। फिर एक नया लिखा, उसे भी फाड़ दिया। और मेरी तरफ़ बेवकूफ़ों की तरह

देख कर घबराये हुए लहजे में कहने लगी, समझ में नहीं आता...शुक्रिया किस तरह अदा करूँ। यह कह कर उसने फिर कोशिश की, जो कामयाब हुई। बड़े सोच-विचार के बाद उसने एक खत लिखा, उसे लिफ़ाफे में बन्द करके मुझे दिया और कहा "यह उनको दे दीजियेगा। मैं खत ले कर बाहर निकला और..."

सईद ने पूछा—"कहाँ है?"

अब्बास ने लापरवाही से उत्तर दिया, "मेरे पास...हाँ तो मैंने बाहर आकर लिफ़ाफ़े को देखा। उस पर लिखा था—प्राइवेट, इसलिए मैंने खोल लिया..."

"तुमने खोल लिया?"

"खोल लिया और पढ़ कर देखा तो मालूम हुआ कि वह आपसे मिलने के लिए बहुत बेक़रार है। ख़त इस तरह से लिखा था...मैं तुमसे मिलना चाहती हूँ। मेरी तबीयत आजकल बहुत उदास है। साड़ी का बहुत-बहुत शुक्रिया। मैं इसे परसों बाल में पहन कर जाऊँगी, जो छावनी में हो रहा है।"

यह कहकर उसने जेब में हाथ डाला और लिफ़ाफ़ा निकाल कर सईद को दे दिया—"तुम ख़ुद भी पढ़ लो। शायद इसमें तुम्हें कोई और चीज़ नज़र आ जाये।"

सईद ने लिफ़ाफ़ा खोलकर पढ़ा। वही लिखा था, जो अब्बास ने सुनाया था। अन्तर केवल इतना था कि मिस फ़रिया ने अंग्रेज़ी में कुछ लाइनें लिखी थीं, जिनका अब्बास ने अनुवाद कर दिया था।

यह पत्र पढ़ कर सईद सोच में पड़ गया...वह मुझसे किसलिए मिलना चाहती है, और उदास क्यों है। क्या उसकी उदासी मुझसे मिलने पर दूर हो जायेगी? क्या यह सम्भव है कि उसकी तबीयत में उदासी पैदा करने वाला मै हूँ? क्या सचमुच, अब्बास के कहने के अनुसार, वह मुझसे प्रेम करती है?

इस अन्तिम विचार पर उसे हँसी आ गयी, "अब्बास, तुम एकदम बेवकूफ़ हो। उसे मुझसे मुहब्बत नहीं हुई, बल्कि किसी और से हुई है और मुझे उसका सारा हाल सुनाना चाहती है। मैंने उससे एक बार मज़ाक़ में कहा था, जैसे ही तुम किसी से मुहब्बत करने लगो, मुझे जरूर बताना। हो सकता है कि क्यूपिड ने उसके सीने पर अपना पहला तीर चला दिया हो। खैर छोड़ो इस किस्से को, यह बताओ क्या तुमने किसी एंग्लो-इंडियन लड़की से मुहब्बत की है?"

अब्बास ने बड़ी गम्भीरता से कहा, "मैंने ठेठ यूरोपियन लड़की से ले कर सफ़ाई करने वाली तक से मुहब्बत की है...सच पूछो तो मैं तुम्हारी इस फ़रिया ही से मुहब्बत करने लगा हूँ। मगर इस क़िस्मत का क्या करूँ? जैसा कि तुम कहते हो, वह किसी और की मुहब्बत में गिरफ़्तार हो चुकी है। मैं समझता हूँ, अपना सिलसिला यूँ ही चलता रहेगा। और आख़िर एक रोज़ शादी हो जायेगी...और चलो, छुट्टी हुई।"

अब्बास उदास हो गया। इस पर सईद ने पूछा, "अब्बास, क्या तुम वाक़ई किसी से मुहब्बत करना चाहते हो?"

अब्बास तड़प कर बोला, "यह 'वाक़ई' की भी ख़ूब रही। अरे भई, एक जमाना हो गया है कोशिश करते-करते और अब तो मुहब्बत की ख़्वाहिश बहुत शिद्दत पकड़ चुकी है। कोई भी हो, मगर औरत हो औरत। ख़ुदा क़सम, मजा आ जाये।"

यह कह कर अब्बास ने ज़ोर-ज़ोर से मज़ा लेने के लिए अपने हाथ मलने शुरू कर दिये, "परन्तु मैं ऐसी मुहब्बत को पसन्द नहीं करता, जो बीमारी की तरह हमेशा के लिए चिपट जाये। मैं ज़्यादा से ज़्याद एक या दो साल किसी औरत से इश्क़ कर सकता हूँ...और बस...उससे ज़्यादा इश्क़ करना मेरे बस में नहीं। गालिब ने क्या कहा है कि मिश्री की मक्खी बनो, शहद की मक्खी न बनो...तो भई मैं तो मिश्री की मक्खी हूँ...अपना तो यही असूल है...चाहे इश्क़ हो या न हो मगर यह असूल नहीं बदलेगा। शादी अलग रहे और इश्क़ अलग हो...अगर ऐसा हो जाय तो क्या कहने हैं! लेकिन मुझे ऐसा लगता है कि बस अब क़िला फ़तह होने ही वाला है। एक क़िला फ़तह हो गया तो बस सारा जर्मनी मेरा है। मुझे यह सिगफ्राइड लाइन तोड़नी है। जिस दिन टूट गयी, बेड़ा पार समझो।"

अब्बास का भाषण सुन कर सईद ने अपने और उसके प्रेम की तुलना की। ज़मीन आसमान का अन्तर था। परन्तु एक बात अवश्य थी कि अब्बास ने दूसरे आदमियों की तरह अपने शारीरिक प्रेम पर परदा नहीं डाला था। उसने साफ़-साफ़ कह दिया था कि वह एक या दो वर्ष से अधिक किसी औरत से प्रेम करना मूर्खता समझता है।

प्रेम कितनी देर रहता है, यह सईद को मालूम नहीं था। मियादी बुखार की तरह क्या इसका समय भी सीमित है, यह भी उसे नहीं पता था। यह प्रश्न उसके दिल में पैदा हुआ ही था कि राजो और उसके चारों ओर की तमाम चीज़ें नज़रों के सामने घूमने लगीं। और वह उस आदमी की तरह, जो अचानक किसी मुसीबत में पड़ जाये, सख्त घबरा गया। उसने तुरन्त ही अपने आपको इन विचारों से मुक्ति दिलाने के लिए अब्बास से कहा, "अब्बास, आज कोई पिक्चर देखनी चाहिए।"

अब्बास, जिसके दिमाग़ में प्रेम बसा हुआ था, कहने लगा, "ख़ाली तस्वीरें प्यास नहीं बुझा सकतीं दोस्त...मुझे औरत चाहिए औरत! गर्म-गर्म गोश्त वाली औरत,...तुम्हें एक मौक़ा मिल रहा है। ख़ुदा के लिए इससे फायदा उठाओ। जाओ वह नर्स तुम्हारी है। उसकी आँखों ने मुझे बता दिया था कि वह एक ग़लती करके रोना चाहती है। जाओ उसको अपनी ज़िन्दगी की पहली ग़लती में मदद दो...बेवकूफ न बनो। अगर ग़लतियाँ न होतीं तो औरतें भी न होतीं। मेरी समझ में नहीं आता, तुम किस सोच में पड़े हो। भई, एक जवान लड़की तुम्हारे साथ मिल कर अपनी ज़िन्दगी की कहानी रंगीन बनाना चाहती है। तुम अगर अपना रंगों का डिब्बा बन्द कर लो तो यह तुम्हारी बेवकूफ़ी है...काश तुम्हारी जगह पर मैं होता फिर...फिर देखते कैसे-कैसे शोख़ रंग उसकी ज़िन्दगी में भर देता...।"

अब्बास का भाषण सईद उन कानों से सुनने की कोशिश कर रहा था, जिनमें

राजो का प्रेम भनभना रहा था। हस्पताल में वह उसे लगभग भूल चुका था। मगर अब पहले ही दिन घर में आकर वह फिर उसके अन्दर प्रवेश कर गयी थी। अब्बास बातें कर रहा था और उसके दिल में यह इच्छा हो रही थी कि उठे और अन्दर जा कर राजो को एक नज़र फिर देख आये। नज़रों ही से देखे, मगर देखे ज़रूर। उसकी तरफ़ प्रेम-भरी नज़रों से न देखे, घृणा भरी नज़रों ही से देखे। मगर देखे अवश्य। परन्तु इसके साथ ही वह यह भी नहीं चाहता था कि जो इरादा वह कर चुका है, वह इतनी जल्दी टूट जाये।

इसलिए बड़े साहस से काम ले कर उसके ख़याल को एक बार फिर उसने अपने दिल के अन्दर कुचल दिया और उठ खड़ा हुआ, “अब्बास, कोई और बातें करो। सच पूछो, तो मैं मुहब्बत का सही मतलब ही अभी तक नहीं समझ सका। लेकिन इतना ज़रूर जानता हूँ कि यह मुहब्बत वह चीज़ नहीं है, जिसका ज़िक्र तुम करते हो। तुम एक औरत से सिर्फ़ एक-दो बरस तक मुहब्बत करने को ठीक मानते हो। मगर मैं उम्र भर का पट्टा लिखवाना चाहता हूँ। अगर मुझे किसी से इश्क़ हो जाये तो मैं उस पर अपनी मलकियत चाहता हूँ। वह औरत सारी की सारी मेरी होनी चाहिए। उसका एक-एक ज़र्रा मेरी मुहब्बत के मातहत होना चाहिए। मैं आशिक़ और डिक्टेक्टर मे कोई ज़्यादा फ़र्क़ नहीं समझता। दोनों ताक़त चाहते हैं।...मुहब्बत ...तुम मुहब्बत-मुहब्बत पुकारते हो। मैं ख़ुद मुहब्बत-मुहब्बत कहता हूँ। लेकिन इस बारे में हम कितना जानते हैं...किसी अँधेरी सुरंग में या बाग की किसी घनी सी झाड़ी के पीछे अगर तुम्हारी किसी भूख की मारी औरत से मुलाक़ात हो जाये, तो क्या तुम कहोगे मैंने इश्क़ लड़ाया है, मेरी ज़िन्दगी में एक रूमान दाख़िल हो गया है। ग़लत है, बिलकुल ग़लत है। यह मुहब्बत नहीं, मुहब्बत कुछ और है। मैं यह नहीं कहता कि मुहब्बत एक निहायत ही साफ़ ख़याल का नाम है। मुझे ऐसा मालूम होता है कि मुझे पता है, मुहब्बत क्या है...मगर...मैं साफ़-साफ़ बता नहीं सकता। मैं समझता हूँ, मुहब्बत हर शख़्स के अन्दर एक ख़ास ख़याल ले कर पैदा होती है। जहाँ तक उस ख़ास हरकत का ताल्लुक है, एक ही रहता है। अमल भी एक ही है। नतीजा भी आम तौर पर एक ही जैसा निकलता है। जिस तरह रोटी खाते जैसी हरकत देखने से एक जैसी लगती है, और बहुत से आदमी जल्दी-जल्दी खाते हैं और बग़ैर चबाये उसको निगल जाते हैं और कुछ देर तक चबा-चबा कर लुकमे को अपने पेट में दाख़िल कर लेते हैं। लेकिन यह मिसाल भी साफ़-साफ़ कुछ बयान नहीं कर सकती ...भई मेरा दिमाग ख़राब हो जायेगा....ख़ुदा के लिए यह मुहब्बत की बातें ख़त्म करो। हमारी मुहब्बत बहुत से पत्थरों के नीचे दबी हुई है। जब ख़ुदाई होगी और उसको निकाला जायेगा, तो हम दोनों उसके बारे में अच्छी तरह बातचीत कर सकेंगे।”

सईद के इस ऊटपटांग भाषण में इतने धचके थे कि अब्बास के दिमाग़ की ऐसी हालत हो गयी जो थर्ड-क्लास के ताँगे में बैठ कर टूटी सड़क पर चलने से पैदा होती

है। वह भी उठ खड़ा हुआ–"जाने तुमने क्या बकवास की है। मगर मैं सिर्फ़ इतना समझा हूँ कि औरत से इश्क़ करना और ज़मीन ख़रीदना तुम्हारे लिए एक ही बात है। सो तुम मुहब्बत करने की बजाये एक-दो बीघा ज़मीन ख़रीद लो और उस पर सारी उम्र बैठे रहो...। आख़िर तुम्हें हो क्या गया है...तुम्हारे अन्दर शायरी का क्या हुआ...बीमार रहने के बाद तुम कैसे हो गये हो...भई, इतनी सी मामूली बात तुम्हारी समझ में नहीं आती कि इश्क़, जो ज़्यादा देर तक क़ायम रहे, वह इश्क़ नहीं, लानत है...हम इनसान हैं फ़रिश्ते नहीं, जो एक ही हूर पर कुर्बान हो कर रह जायें। अगर एक ही औरत से मैंने अपने आपको हमेशा के लिए चिपका दिया तो मुश्किल हो जायेगी...मैं ख़ुदकशी कर लूँगा...ज़िन्दगी में सिर्फ़ एक औरत...सिर्फ़ एक औरत ...और यह दुनिया क्यों इतनी भरी हुई है...क्यों इसमें इतने तमाशे जमा हैं...सिर्फ़ गेहूँ पैदा करके ही अल्लाह मियाँ ने अपना हाथ क्यों न रोक लिया।"

"मेरी सुनो और इस ज़िन्दगी को जो कि तुम्हें दी गयी है, अच्छी तरह इस्तेमाल करो, कि तुम उस औरत को, जो तुम्हारे रास्ते में डाल दी गई है, कुछ दिनों के लिए कैसे खुश कर सकते हो...इस तरह की फिलासफ़ी में ख़ुद को न उलझाओ। यूँ तो तुम अपने पालतू कुत्ते को भी अच्छी तरह नहीं समझ सकते, लेकिन उसको समझने की ज़रूरत ही क्या है, जब तक वह तुम्हारे पुचकारने पर अपनी कटी दुम हिलाता रहता है और तुम्हारे कहने पर गेंद दबोच लेता है। मैं पूछता हूँ कि औरत के बारे में ज़्यादा सोच-विचार की ज़रूरत ही क्या है? वह अगर अथाह सुन्दर है तो हुआ करे, ऊँचा तारा है तो उससे क्या, जब तक वह औरत है और इन खूबियों की मालिक है, जो औरत में होनी चाहिए। सिर्फ़ एक ही बात पर ग़ौर करना चाहिए कि उसे कैसे हासिल किया जा सकता है।"

यह भाषण सुनने के बाद सईद ने अब्बास से पूछा, "लेकिन औरतें हैं कहाँ?"

अब्बास ने डिब्बे से एक सिगरेट निकालकर सुलगाया और कहा, 'यहाँ, वहाँ, इधर, उधर, हर जगह औरतें मौजूद हैं। क्या इस घर में कोई औरत मौजूद नहीं है? वह तुम्हारी नौकर राजो क्या बुरी है, जिसने उस दिन तुम्हारी बैठक का दरवाज़ा मेरे लिए खोला था। तुम मेरी तरफ़ यूँ आँखें फाड़कर क्या देख रहे हो? भई, हमें औरत चाहिए, और राजो सौ परसेंट औरत है। वह तुम्हारी नौकर सही, लेकिन इससे कहाँ फ़र्क़ पड़ता है...मानता हूँ कि हमारे यहाँ अक्सर औरतें सन्दूक़ों में बन्द हैं...लेकिन यह मतलब तो नहीं कि जो सन्दूक़ों से बाहर हैं उनकी तरफ़ हम देखना छोड़ दें...मेज़ पर जो हाजिर हो खाना ही पड़ेगा।" यह कह कर अब्बास ने ज़ोर से सिगरेट की राख झाड़ी और अपने मित्र सईद की ओर प्रश्नात्मक दृष्टि से देखा।

मगर वह नज़रें मिलाना नहीं चाहता था। ऐसा मालूम होता है कि उसे इस बात का डर है अब्बास उसकी आँखों में राजो के प्रेम की सारी कहानी पढ़ लेगा। वह एक तरफ़ हट गया। अँगीठी की सिल पर अपने फ़ोटो के फ्रेम को थोड़ा इधर

हटा कर उसने अब्बास से कहा—"तुम...तुम...तुम्हारी बातचीत बड़ी डरावनी है... तुम बात करते हो और मुझे तुम्हारे मुँह से ख़ून की बू आती है। तुम लहू पीने वाले इनसान हो।"

"और तुम", अब्बास ने फिर सिगरेट की राख झाड़ी, "तुम?...मैं लहू पीने वाला इनसान ही सही, लेकिन तुम जैसे दूध पीने वाले जानवरों से बहुत अच्छा हूँ। तुम नेकी और बदी के बीच में लटके हो...शुक्र है कि मैं ऐसा चमगादड़ नहीं। मैं एक तूफ़ानी समुन्दर हूँ। तुम खुश्की पर खड़े हो। तुम ऐसे गाहक हो, जो औरत को हासिल करने के लिए सारी उम्र दौलत जमा करते रहोगे, मगर उसे नाकाफी समझोगे..."

"मैं ऐसा ख़रीदार हूँ, जो ज़िन्दगी में कई औरतों से सौदे करेगा। तुम ऐसा इश्क़ करना चाहते हो कि तुम्हारी मौत पर कोई छोटे दर्जे का राइटर एक किताब लिखे, जिसे नारायण दत्त सहगल लाल-पीले काग़ज़ों पर छापे और डिब्बी बाज़ार में एक-एक आने में तुम्हारी मुहब्बत का अफसाना बिके...मैं अपनी पूरी किताब को दीमक बन कर ख़ुद ही चाट जाना चाहता हूँ ताकि इसका कोई निशान बाक़ी न रहे...तुम मुहब्बत में ज़िन्दगी चाहते हो...मैं ज़िन्दगी में मुहब्बत चाहता हूँ...लेकिन तुम कुछ भी नहीं हो...ज़रा सोचो तो आख़िर तुम क्या हो?"

थोड़ी देर के लिए सईद को ऐसा महसूस हुआ कि अब्बास सचमुच सब कुछ है, और वह कुछ भी नहीं है। उसने सोचा कि आख़िर मैं क्या हूँ। यहाँ इस घर में एक लड़की मौजूद है, जिससे मैं मुहब्बत करता हूँ, लेकिन...लेकिन यह मुहब्बत क्या है...मैं चाहता हूँ कि वह मेरी हो जाये। लेकिन फिर साथ ही यह भी चाहता हूँ कि उसको एकदम से भूल जाऊँ। मैं किस मुसीबत में फँस गया हूँ? क्या प्रेम इसी मुसीबत का नाम है?

कुछ भी हो, मगर सईद इतना अवश्य समझता था कि यह मुसीबत या जो कुछ भी उसका नाम रख लिया जाये, प्रेम था, जो उसके दिल में धीरे-धीरे जड़ पकड़ गया था। जिस तरह लोग भूत-प्रेम से डरते हैं, इसी तरह वह इस प्रेम से डरता था। उसको हर समय डर रहता था कि एक वक़्त ऐसा आयेगा, जब उसके जज़्बात बेलगाम हो जायेंगे और वह कुछ कर बैठेगा। क्या कर बैठेगा...यह उसको मालूम नहीं था। परन्तु वह उस तूफ़ान की प्रतीक्षा कर रहा था, जिसके चिह्न उसे अपने अन्दर दिखायी दे रहे थे। इस प्रेम ने उसे डरपोक बना दिया था...

अब्बास अपने ख़याल में मग्न था, इसलिए वह अपने मित्र के दिल की हालत को न समझ सका। वैसे भी दूसरों की बातों पर ग़ौर करने की उसकी आदत नहीं थी। वह केवल अपने से मतलब रखता था, और अपने में ही समाया रहता। उसे इतनी फ़ुर्सत ही न मिलती थी कि दूसरे के बारे में ग़ौर कर सके। परन्तु इसके बावजूद वह अच्छा मित्र था। परन्तु मित्रता के क्या अर्थ होते हैं, वह इस बात पर भी ग़ौर करना नहीं चाहता था। वह कहा करता था—"अमां छोड़ो, तुम किन वहमों

में गिरफ़्तार हो गये! दोस्ती-वोस्ती सब बकवास है। धातु या पत्थर के जमाने में दोस्त हुआ करते होंगे। आजकल कोई किसी का दोस्त नहीं हो सकता। लोग अगर दोस्ती ही की रस्सी बटना शुरू कर दें, तो सारे का सारा कारोबार ही बन्द हो जाये...तुम मुझे दोस्त कहते हो, कहो। मैं तुम्हें दोस्त कहता हूँ, ठीक है। सुनते जाओ, मगर इससे ज्यादा इस पर ग़ौर नहीं करना चाहिए। जितना ज़्यादा ग़ौर करोगे, उतने ज्यादा गड्ढे पैदा होते जायेंगे। आज दुनिया में जितने ग़लत काम हो रहे हैं, सब ग़ौर करने का नतीजा है।"

"क़त्ल होते हैं, ज्यादा सोच-विचार की वजह से। चोरियाँ होती हैं, ज़्यादा सोचने से। डाके भी ज़्यादा सोचने ही से पड़ते हैं। दिमाग़ और बारूद की मेगजीन में कोई फर्क नहीं...बेवकूफ़ और उल्लू हो जाओ मगर ख़ुदा के लिए अकलमंद न बनो और न ही ज़्यादा सोच-विचार करो।"

अब्बास बातें मजेदार करता था। वह मालूमी सी बात को भी एक ख़ास रंग में दिलचस्प तरीक़े से पेश करता था। दुनिया के बारे में उसके बनाये हुए कुछ असूल थे, जिन पर वह एक लम्बे समय से चल रहा था। वह किसी बात की चिन्ता न करता था और न ही अधिक सोचता था। परन्तु उन बातों पर उसे थोड़ी देर के लिए ग़ौर करना ही पड़ता था जो उससे सम्बन्धित होती थीं...इस समय भी वह किसी बात पर ग़ौर कर रहा था क्योंकि उसके चेहरे पर सन्तुष्टि की वह लहर नहीं थी, जो अक्सर नज़र आया करती थी। नया सिगरेट सुलगा कर वह बड़े ज़ोर से कश ले रहा था और उसका मित्र सईद अँगीठी के पास खड़ा किसी ज़बरदस्त उलझन में फँसा लगता था।

अब्बास जैसे चौंकता हुआ बोला, "अजी हटाओ, ख़ामख़ाह इस उलझन में अपने को क्या फँसाया जाये। जो होगा, देखा जायेगा।" अपने मित्र को पुकारते हुए फिर उसने कहा, "अजी हज़रत, आप किन वहमों में गिरफ़्तार हो गये हैं। कुर्सी पर तशरीफ़ रखिये। आप अभी-अभी बीमारी से उठे हैं। ऐसा न हो फिर हस्पताल जाना पड़े...लेकिन इस बार दोस्त, अपनी जगह मुझे देना। वह लौण्डिया मुझे भा गयी है।"

यह कहते ही वह तुरन्त आरामकुर्सी पर बैठ गया।

सईद अँगीठी के पास कुर्सी पर बैठ गया। अधिक बातचीत और सोच-विचार ने उसे कमज़ोर कर दिया था, इसलिए थकी हुई आवाज़ में उसने अब्बास से कहा, "अब्बास, मैं बहुत कमज़ोर हो गया हूँ। मेरा ख़याल है कि कुछ दिनों के लिए कहीं बाहर चला जाऊँ। हवा बदल जायेगी।"

अब्बास ने पूछा—"कहाँ जाओगे?"

सईद बोला, "कहाँ जाऊँगा, यही तो सोच रहा हूँ। सर्दियों में कहाँ जाना चाहिए? कोई ऐसी जगह बताओ, जो ठीक रहे। बम्बई चला जाऊँ...कलकत्ता भी बुरा नहीं...लेकिन...लेकिन, क्रिसमस तो गुज़र चुका...क्रिसमस को छोड़ो...तो बम्बई चला जाऊँ...दरअसल मैं कुछ दिनों के लिए अमृतसर को भूल जाना चाहता हूँ। यहाँ मुझे वहशत हो रही है।"

अब्बास ने आश्चर्य से पूछा, "अमृतसर में आपको वहशत हो रही है!...अमृतसर ने आपको कहाँ काट खाया है?"

इस पर सईद के दिल में आया कि अब्बास को अपना सारा रहस्य बता दे, परन्तु चुप रहा। वह चाहता था कि किसी को अपने रहस्य में शामिल कर ले, परन्तु साथ ही वह यह भी चाहता था कि कोई उसके रहस्य से परिचित न हो। उसे पता था कि एक बार उसने राजो से प्रेम की कहानी सुना दी तो वह चिड़िया फुर्र से उड़ जायेगी जिसको वह पिंजरे ही में मार डालना चाहता है। क्योंकि वह अब्बास को अपने दिल का रहस्य बताने के लिए आगे झुका था, इसलिए उसे डिब्बे से सिगरेट निकाल कर सुलगाना पड़ा।

अब्बास ताड़ गया कि उसका मित्र कुछ कहना चाहता है, मगर कह नहीं पा रहा। इसलिए उसने उसके अन्दर साहस पैदा करने को कहा, "बात को ज़्यादा देर तक पेट में न रखा करो सईद। हाज़मा ख़राब हो जायेगा। कहो, क्या कहना चाहते हो? अमृतसर से क्यों वहशत होती है। तुम बाहर क्यों जाना चाहते हो, क्या कोई ख़ास बात है? ख़ास बात तो कोई भी नहीं होती। हम और तुम ख़ामख़ाह बातों में ख़ासपन पैदा कर देते हैं...कहो क्या कहना चाहते थे तुम...।"

सिगरेट का एक कश ले कर सईद ने अब्बास से कहा, "कुछ भी नहीं। कोई ख़ास बात नहीं है। मैं ख़ुद नहीं समझ सका कि अमृतसर क्यों छोड़ना चाहता हूँ। दरअसल कुछ अर्से से मुझे परेशानी-सी महसूस हो रही है, और मैं कुछ शोर-शराबे में रहना चाहता हूँ।"

"शोर-शराबे में रहना चाहते हैं आप, तो इसमें क्या मुश्किल है? मैं इसी कमरे में आपके लिए शोर-शराबा पैदा कर सकता हूँ। रशीद, वहीद, नासिर, प्राण...सब आपकी ख़िदमत में हाज़िर हो जाया करेंगे। इतना शोर हुआ करेगा कि कान पड़ी आवाज भी सुनाई न देगी। फरमाइये, क्या हुक्म है?"

अब्बास हँसने लगा तो सईद बेचैन हो गया। अब्बास को पता नहीं था कि सईद के अन्दर कैसा तूफ़ान उठ रहा है और वह किन-किन मुश्किलों में पड़ा है। यही कारण है कि वह उसका मज़ाक़ उड़ा रहा था। हँसते हुए अब्बास ने एक बार फिर पूछा, "फरमाइये क्या हुक्म है?"

इस पर सईद और बेचैन हो गया और उठ खड़ा हुआ, "मैं फ़ैसला कर चुका हूँ कि इस हफ्ते कहीं बाहर चला जाऊँगा। मैं बहुत उदास हो गया हूँ। मैं यहाँ रहना नहीं चाहता। बस एक-दो महीने बाहर रह कर जब मेरी तबीयत ठीक हो जायेगी तो वापस आ जाऊँगा। मुझे यहाँ कौन से ज़रूरी काम करने होते हैं...तुम भी मेरे साथ चलो...।"

अब्बास मुस्कराया, "लेकिन मुझे तो बहुत ज़रूरी काम करने होते हैं...।"

"एक हो तो बताऊँ। सैकड़ों हैं। मिसाल के तौर पर मुझे एक-दो लड़कियों से

इश्क़ लड़ाना है, और एंग्लो इंडियन लड़कियों से बातचीत करने के सब तरीक़े सीखने हैं। कुछ थोड़े से बाज़ारी क़िस्म के मज़ाक़ भी याद करने हैं। और दस-बीस सस्ते नावल पढ़ने हैं...और...और। लेकिन मैं तुम्हें अपना प्रोग्राम क्यों बताऊँ...तुम जाओ ...मैं यहाँ अपनी दिलचस्पी का सामान पैदा कर लूँगा। ख़त लिखते रहना। लेकिन जाओगे कहाँ?"

सईद ने भी सोचा कि वह जायेगा कहाँ। ऐसी कौन-सी जगह थी, जहाँ वह आराम से रह सकता था? होटलों में रहना उसे पसन्द नहीं था। और रिश्तेदारों के यहाँ रुकना भी उसे पसन्द नहीं था, इससे उसकी आज़ादी में बाधा पहुँचती थी। यह सब बातें उसके दिमाग में थीं, मगर अमृतसर छोड़ देने की इच्छा तेज़ होती जा रही थी। वह ख़ुद जाना चाहता था, परन्तु आश्चर्य था कि राजो को निकाल देने का ख़याल तक उसके दिमाग़ में न आया था।

उस दिन वह कुछ तय न कर सका। परन्तु यह निश्चित था कि वह कहीं चला जायेगा।

सात

अमृतसर से लाहौर में केवल तीस-बत्तीस मील का फ़ासला है। एक घण्टे में सुस्त-से-सुस्त रफ़्तार ट्रेन भी आपको अमृतसर से लाहौर पहुँचा देती है। परन्तु जब सईद अमृतसर छोड़ कर लाहौर चला आया तो उसे ऐसा महसूस हुआ कि वह हज़ारों मील अपने पीछे छोड़ आया है, और अब उसे राजो का डर नहीं रहा।

माँ ने उसको रोकने की बहुत कोशिश की मगर वह अपने इरादे पर डटा रहा, और हस्पताल से घर वापस आने के चौथे दिन ही अपना संक्षिप्त-सा सामान ले कर चल दिया। लाहौर में उसके तीन-चार रिश्तेदार भी थे। उनसे मिला, परन्तु उनके यहाँ रहा नहीं। वह रिश्तेदार भी उसकी ख़ास चिन्ता न करते थे। सईद उनके इस व्यवहार से बहुत खुश था। वह मेहमानों की तरह चन्द घण्टों के लिए हर एक के पास रुका और इधर-उधर की बात करने के बाद अपने होटल में चला आया।

इस होटल से उसका मन एक सप्ताह में ही उकता गया। वैसे किराया भी अधिक था, और वह उन लोगों में घिरा हुआ रहना नहीं चाहता था जो हिन्दुस्तान में पैदा हो कर यूरोपियन बनने की कोशिश करते हैं। इसलिए उसने माल रोड पर अपने लिए एक छोटा-सा कमरा देख लिया और किराया तय करके उसमें चले जाने का निर्णय ले लिया।

होटल का बिल आदि देकर वह ताँगे में सामान रखवा रहा था कि उसने एक और ताँगे से मिस फ़रिया नर्स को उतरते देखा। पहले उसने सोचा कि फ़रिया नहीं

कोई और होगी, क्योंकि एंग्लो-इंडियन लड़कियों की शक्ल-सूरत अक्सर एक जैसी होती है। मगर जब फ़रिया उसको देख कर तेज़ी से आगे बढ़ी तो उसको विश्वास हो गया कि सचमुच फ़रिया ही है। उसके दिमाग़ में कई प्रश्न तुरन्त नाच उठे। लाहौर में यह क्या करने आयी है, कब आयी है, क्या अकेली है, इस होटल में इसका कौन है, क्या इसी होटल में ठहरी है...आदि-आदि...।

सईद होटल के नौकर की हथेली में कुछ रुपये दबाकर फ़रिया की तरफ़ बढ़ा और उससे बड़े जोश से मिला, "मिस फ़रिया! किसे मालूम था कि यहाँ लाहौर में तुमसे मुलाक़ात होगी। तुम कब से यहाँ आयी हो?"

उसने और बहुत से प्रश्न फ़रिया से किये, मगर उसने एक का भी जवाब नहीं दिया। वह बड़ी उलझन में थी। ऐसा लगता था कि वह एकदम किसी दुर्घटना में से गुज़री है। उसका रंग बहुत पीला लग रहा था और उसके होंटों पर सुर्ख़ी के लेप के बावजूद पपड़ियाँ नज़र आ रही थीं।

इधर-उधर देख कर फ़रिया ने उससे कहा, "मुझे आप से बहुत-सी बातें करनी हैं।" यह कहते हुए उसने ताँगे की तरफ़ देखा जिसमें सामान लदा हुआ था, "मगर आप अभी-अभी आये हैं या कहीं जा रहे हैं।"

"मुझे यहाँ आये पूरे सात दिन हो गये हैं, और अब मैं यह होटल छोड़ रहा हूँ।"

यह सुन कर फ़रिया का रंग और पीला हो गया, "तो बस अब आप घर जा रहे हैं?"

"नहीं! घर तो मैं दो-ढाई महीने के बाद जाऊँगा। यह होटल का सिलसिला मुझे पसन्द नहीं था, इसलिए मैंने अलग कमरे का इन्तज़ाम कर लिया है।"

"तो चलो मुझे वहीं साथ ले चलो, यह कह कर वह कुछ झेंप-सी गयी, "आपको अगर तकलीफ़ न हो तो...यानी बात यह है कि मुझे आपसे बहुत कुछ कहना है। और यहाँ होटल के सामने कुछ मिनटों में आपसे कुछ नहीं कह सकती।"

सईद ने फ़रिया की तरफ़ देखा तो उसकी मोटी-मोटी आँखों में उसे आँसू नज़र आये, "नहीं-नहीं, तकलीफ़ की क्या बात है...मैं यह सोच रहा हूँ, तुम्हें वहाँ तकलीफ़ होगी, इसलिए कि वहाँ सामान-वामान कुछ भी नहीं। ख़ाली कमरा है, अभी तक मैं फर्नीचर नहीं ला सका...खैर देखा जायेगा...चलो आओ।"

किराया-विराया चुका कर और होटल के छोकरों को इनाम दे-दिला क़र वे दोनों माल रोड की तरफ़ रवाना हुए। रास्ते में कोई बात नहीं हुई। दोनों अपने-अपने विचारों में खोये थे। आखिर वह बिल्डिंग आ गयी जहाँ दूसरी मंजिल पर सईद ने अपने लिए एक कमरा किराये पर लिया था।

सामान रखवा कर जब सईद ने फ़रिया की तरफ़ देखा तो वह लोहे की चारपाई पर बैठी अपने आँसू पोंछ रही थी। दरवाजा बन्द कर वह उसके पास आया और सहानुभूति भरे स्वर में उसने पूछा, "मिस फ़रिया, क्या बात है। तुम्हारी आँखें तो कभी

रोने वाली नहीं थीं।"

यह सुन कर फ़रिया ने ज़ोर-ज़ोर से रोना शुरू कर दिया, जिस पर सईद बहुत परेशान हुआ। उसकी समझ में नहीं आता था कि वह इस लड़की को किस तरह चुप कराये। यह पहला अवसर था कि एक नौजवान लड़की उसके पास बैठी थी और रो रही थी। उसका दिल बहुत नर्म था। फ़रिया के रोने से उसे बहुत दुःख हुआ। घबरा कर उसने कहा, "मिस फ़रिया, तुम मुझे बताओ तो सही, शायद मैं तुम्हारी मदद कर सकूँ...।"

फ़रिया चारपाई से उठ खड़ी हुई और खिड़की खोल कर उसने बाहर बाज़ार की तरफ़ देखना शुरू कर दिया। फिर थोड़ी देर के बाद उसने कहा, "मैं इसीलिए तो आपके साथ आयी हूँ...अगर आपसे यूँ अचानक मुलाक़ात न होती, तो न जाने क्या होता। मैं सचमुच जहर खा कर मर जाती...मेरे साथ बहुत ज़ुल्म हुआ है...आपको याद होगा, साड़ी मिलने पर मैंने आपको शुक्रिया का खत लिखा था, और आपसे निवेदन किया था कि आप मुझे ज़रूर मिलें। अच्छा हुआ, आप नहीं आये...वरना मेरी पहली ख़ुशी देख कर आपको बहुत आश्चर्य होता...मेरी ज़िन्दगी में यह परिवर्तन क्या आया है, मानो भूकम्प आया है जिसकी ख़बर ही नहीं होती। मुझे पता नहीं था कि ख़ूबसूरत मर्द धोकेबाज़ हो सकते हैं। मुझे उससे प्रेम हो गया था। उसने भी मुझ पर अपना प्रेम प्रकट किया। वह इतनी अच्छी बातें करता था कि उनको सुन कर मेरे दिल में नाचने की और नाचते चले जाने की इच्छा पैदा होती थी..."

"मगर...मगर...यह सब सपना था। उसने मुझसे कहा, मैं बहुत अमीर आदमी हूँ...उसने मुझे एक बढ़िया ड्रेस पेश की, मुझे एक अँगूठी भी दी...वह मुझसे जल्दी से जल्दी शादी करना चाहता था। मेरे माँ-बाप तो थे नहीं कि मैं इजाज़त माँगती ...इसलिए मैं तैयार हो गयी। शादी करने के लिए वह मुझे लाहौर ले आया। हम दोनों इसी होटल में ठहरे, जहाँ आप भी कुछ दिन रहे हैं। सात-आठ दिन तक उसने मुझे हर तरह से खुश रखा। लेकिन एक दिन सुबह उठ कर मैंने देखा कि उसका सब सामान गुम था, और उसका भी कोई पता नहीं था...। मैंने उसे तलाश करने की कोशिश की, मगर उसका कोई ठिकाना भी तो मुझे मालूम नहीं। मैंने कितनी ग़लती की! आप शायद विश्वास न करें, परन्तु मैंने उसका पूरा नाम तक भी न पूछा। ख़ुदा जाने, वह कौन था, कहाँ का रहने वाला था और क्या करता था! मेरी अकल पर पत्थर पड़ गये थे और हस्पताल छोड़ कर उसके साथ चली आयी...शादी करने"

"मैं कितनी खुश थी और शादी के बाद घर बनाने और उसे सजाने के लिए मैंने दिल ही दिल में कितनी योजनाएँ बना रखी थीं...अब मैं क्या करूँ... हस्पताल कैसे वापस जा सकती हूँ...नर्सें क्या कहेंगी और सिस्टर मेरा कितना मज़ाक़ उड़ायेगी..."

"मैंने मरना चाहा, मगर...मगर मैं मरना भी नहीं चाहती...मुझे ज़िन्दा रहने का

शौक़ है। वह मुझसे शादी न करता। मेरे साथ ऐसे ही रहता। ख़ुदा की क़सम मैं खुश थी...मगर वह कितना जालिम निकला..."

"मैं यह नहीं कहती कि मैंने उस पर कोई एहसान किया है। मैं तो उसका एहसान मानती थी कि उसने मुझे एक नयी दुनिया का रास्ता बताया और मुझे खुश करने की कोशिश की। मगर वह तो मुझे धोका दे गया। उसने ज़ुल्म किया। यह ज़ुल्म नहीं तो और क्या है? होटल वाले मुझे शक की नज़रों से देखते हैं। मेरी तरफ़ यूँ देखते हैं जैसे मैं चिड़ियाघर का कोई परिन्दा हूँ...मैं अभी तक वहाँ सिर्फ़ इसलिए ठहरी कि होटल वाले यह समझें कि कोई ख़ास बात नहीं हुई। मगर ऐसा मालूम होता है कि उनको सब बातों का पता है, क्योंकि एक दिन बूढ़े बैरे ने मुझसे कहा," मेम साहब, वह आपके साहब अब नहीं आयेंगे। आप चली जायें...", मैंने उसे शुक्रिया कहने की बजाये उसे गालियाँ दीं...

"क्या करूँ, मैं चिड़चिड़ी हो गयी थी। लेकिन अब मेरे दिल को आराम पहुँचा है। आपको देख कर मुझे ऐसा लगता है कि जो कुछ हो चुका है, उसका ख्याल मेरे दिल-दिमाग से दूर हो जायेगा। मुझे दोस्त की ज़रूरत है। लेकिन यह मेरी दूसरी बेवकूफ़ी होगी, अगर मैं आपको दोस्त समझूँ। क्या पता, आप मुझे दोस्त न बनाना चाहें। हस्पताल में आप कुछ दिन रहे। आपने हमेशा मुझसे अच्छा व्यवहार किया। इसलिए मैं समझी...शायद आप मेरे दोस्त बन सकें। अच्छा, तो मैं अब जाती हूँ... ।"

यह सुन कर न जाने सईद को क्यों हँसी आ गयी, "कहाँ जाओगी...बैठ जाओ... ।"

उसने उसकी बाँह पकड़ कर उसे चारपाई पर बिठा दिया। जब वह बैठ गयी, तो अचानक सईद के सारे शरीर में इस ख़याल से एक सनसनी-सी दौड़ गयी कि उसने एक नौजवान लड़की को यूँ बाँह से पकड़ कर बिठाया है, और उससे इस तरह से बात की है, जैसे वह उसका पुराना दोस्त हो और उसे अच्छी तरह समझता हो। मगर इस ख़याल ने वह भाव एकदम से बदल दिया, जो थोड़ी देर पहले फ़रिया के सम्बन्ध में उसके दिल में पैदा हुआ था। वह तमाम बातें, जो एक-एक करके उसके दिमाग़ में से बीजों में से निकलने वाले नन्हें पौधों की तरह उभरी थीं दब गयीं और वह बेचैन-सा हो गया।

उसकी इस बेचैनी को देख कर फ़रिया फिर उठ खड़ी हुई और कहने लगी, "मेरा इस दुनिया में कोई नहीं, यह मुझे आज मालूम हुआ है। आज से कुछ दिन पहले मैं समझती थी, सब दुनिया मेरी है।...यह दुनिया फिर कभी मेरी होगी? इस सवाल का जवाब तो मैं नहीं दे सकती...लेकिन मैं हस्पताल कभी वापस नहीं जाऊँगी...लाहौर में कुछ दिन मैंने बड़ी खुशी से गुज़ारे हैं...मेरे दुःख के दिन भी यहीं गुज़रेंगे...मैं यहाँ किसी दुकान में नौकरी कर लूँगी...और...बाक़ी दिन भी यूँ ही बीत जायेंगे..."

यह कहकर फ़रिया फिर दरवाज़े की तरफ़ बढ़ी, मगर सईद ने उसे रोक लिया।

"मिस फ़रिया...जो कुछ तुमने कहा है उसका मुझ पर बहुत असर हुआ है। जिस शख़्स ने भी तुमको धोका दिया है, निहायत जलील आदमी है। तुमको धोका देना बहुत बड़ी बात नहीं है, इसीलिए तुम इस क़ाबिल नहीं हो कि तुमसे फ़रेब किया जाये। मुझे तुमसे पूरी-पूरी हमदर्दी है। काश! जो कुछ हो चुका है मैं उसे ठीक कर सकता।"

फिर अचानक सईद ने एक नये स्वर और एक नये ढंग से कहना शुरू किया—"फ़रिया, माफ़ करना, तुम एक बिलकुल ग़लत आदमी के पास आयी हो। तुम समझती हो, मैं औरतों से वाक़िफ़ हूँ और उनको समझ सकता हूँ। ख़ुदा जानता है, तुम पहली औरत हो, जिसमें मैंने खुल कर बात करने की कोशिश की है। हस्पताल में तुमसे जितनी बातें हुई थीं, बिलकुल बनावटी थीं। इसलिए कि मैं सिर्फ़ एक ऐसी औरत समझ कर तुमसे बातें करता था, जिससे मैं जवाब के बग़ैर बातें कर सकता हूँ। तुम हमारी सोसाइटी से वाक़िफ़ नहीं हो। हम लोग अपनी माँ-बहन के सिवा और किसी औरत को नहीं जानते। हमारे यहाँ औरतों और मर्दों के बीच एक मोटी दीवार पड़ी है...अभी-अभी तुम्हारी बाँह पकड़ कर मैंने तुम्हें उस चारपाई पर बिठाया था। जानती हो, मेरे जिस्म में एक सनसनी दौड़ गयी थी। तुम इस बंद कमरे में मेरे पास खड़ी हो, जानती हो, मेरे दिमाग़ में कैसे-कैसे ख़याल चक्कर लगा रहे हैं...मुझे भूख महसूस हो रही है, मेरे पेट में हलचल मच रही है...तुमने अपने उस आशिक़ की बातें की हैं और मेरे दिल में यह ख़्वाहिश पैदा होती है कि उठकर तुम्हें सीने से लगा लूँ और इतना भींचूँ, इतना भींचूँ कि ख़ुद मैं बेहोश हो कर गिर पड़ूँ...लेकिन मुझे अपने ऊपर काबू पाने का गुर हासिल हो चुका है, इसलिए कि मैं अपनी कई ख़्वाहिशें अब तक कुचल चुका हूँ..."

"तुम हैरान क्यों होती हो, मैं सच कहता हूँ...औरत के मामले में मेरी कोई ख़्वाहिश अब तक पूरी नहीं हुई। तुम पहली औरत हो, जिसको मैंने इतने पास से देखा है। यही वजह है कि मैं...मैं तुम्हारे और पास जाना चाहता हूँ...लेकिन...लेकिन मैं शरीफ़ आदमी हूँ...मैं तुमसे मुहब्बत नहीं करता...लेकिन...लेकिन इसका मतलब यह नहीं कि मैं तुमसे नफ़रत करता हूँ...या क्योंकि मुझे तुमसे मुहब्बत नहीं है ...इसलिए मैं तुममें दिलचस्पी नहीं लूँगा...यह बात नहीं है...मुहब्बत, मुहब्बत...मैं नहीं समझ सका कि यह मुहब्बत क्या है...तुम्हें हैरानी होगी कि मुझे एक ऐसी औरत से मुहब्बत है, जो मुहब्बत किये जाने के बिलकुल क़ाबिल नहीं...मुझे उससे नफ़रत है...उसके नाम ही से नफ़रत है। लेकिन मुसीबत यह है कि उसी नफ़रत ने मेरे दिल में उसकी मुहब्बत के बीज बो दिये हैं।"

फ़रिया ने पूछा, "कौन है यह लड़की?"

"कौन है! तुम उसे जान कर क्या करोगी...एक मामूली लड़की है, जो लम्बे अर्से

से औरत बन चुकी है। वह गोश्त की पुतली है...और बस, इससे ज़्यादा कुछ नहीं ...मेरे घर में नौकर है...पहले किसी और की नौकर थी...मैं इसीलिए अमृतसर छोड़ कर यहाँ चला आया हूँ कि उसको देख कर मेरे दिल में एक तूफ़ान उठ खड़ा होता है...मैं चाहता हूँ कि उससे अपने तरीक़े से मुहब्बत करूँ...मगर वह...वह...मिस फ़रिया, ख़ुदा के लिए मुझसे न पूछो कि वह मुहब्बत को क्या समझती है। मैं जानता हूँ, मैं समझता हूँ कि मुहब्बत में वह सब चीज़ें शामिल हैं, जिनकी एक भद्दी तस्वीर उस औरत के दिमाग़ में है। मगर मैं यह भी तो चाहता हूँ कि कभी-कभी वह किसी अच्छी बात पर, किसी चुस्त मज़ाक़ पर, किसी शायर के नाज़ुक ख़याल पर तड़प उठे...मगर उसकी आँखें इन तमाम चीज़ों पर बन्द हैं। मैं दिमाग़ से सोचता हूँ, वह पेट से सोचती है। लेकिन तमाशा तो यह है कि मैं उससे मुहब्बत करता हूँ। और इस मुहब्बत ने मेरे दिल के दरवाजे दूसरी मुहब्बतों के लिए बिलकुल बन्द कर दिये हैं...मैं...मैं हमदर्दी के क़ाबिल हूँ...।"

यह कहकर सईद चारपाई पर दुखी मुद्रा में बैठ गया। मिस फ़रिया ने उसकी पीठ पर यूँ हाथ फेरकर उसे सान्त्वना देना शुरू की, जैसे वह बच्चा है। उसको फ़रिया की इस सहानुभूति से बड़ा आराम मिला। उसकी माँ अक्सर उसकी पीठ पर इस तरह हाथ फेरती थी। मगर फ़रिया के हाथ में उसने और ही मज़ा महसूस किया। उसे लगा कि वह सचमुच ही सहानुभूति का पात्र है और दुनिया की सब औरतों को चाहिए कि उसकी पीठ पर उसी तरह प्यार-मुहब्बत से हाथ फेरें और उसे सान्त्वना दें। फिर अचानक उसे कुछ ख़याल आया और उसने फ़रिया का दूसरा हाथ जो कि ख़ाली था, उठाकर अपने हाथों में ले लिया और धन्यवाद के रूप में उसे दबाना शुरू कर दिया।

फ़रिया ने अपना हाथ उसके हाथ में रहने दिया और कहा, "यह अजीब बात हैं, तुम एक औरत से मुहब्बत करते हो, और फिर साथ ही मुहब्बत करना भी नहीं चाहते...वहाँ भाग से आये हो...और किसी दूसरी औरत से भी मुहब्बत करना नहीं चाहतें।"

इस पर सईद ने फ़रिया का हाथ छोड़ दिया, "यहाँ तो चाहने का सवाल ही पैदा नहीं होता। किसी औरत से मुहब्बत करने के लिए मैं जितने बरस तड़पता रहा हूँ उसका तुम्हें कुछ अन्दाजा नहीं...और फिर मुहब्बत का जो नजरिया मेरे दिल-दिमाग़ में है वह भी तुम्हें मालूम नहीं...जिस मुसीबत में आजकल मैं जकड़ा हूँ, उसको पैदा करने वाला मैं ख़ुद हूँ। उस औरत की मुहब्बत में मुझे किसी बाहर की ताक़त ने गिरफ़्तार नहीं किया, मैं ख़ुद इस जाल में फँसा हूँ। और अब ख़ुद ही इससे निकल भागा हूँ...दरअसल...दरअसल मैं यह कहना चाहता था कि जब मेरा दिल एक औरत की मुहब्बत से भरा है तो मैं किसी दूसरी औरत से कैसे मुहब्बत कर सकता हूँ। वह बात जो उस औरत के लिए मेरे दिल में पैदा होती है तुम्हारे लिए या किसी

और के लिए तो पैदा नहीं हो सकती...मैं जब उसका ख्याल दिमाग़ में लाता हूँ, तो ख़ुद को अपनी सहूलियत के लिए कमज़ोर समझता हूँ। लेकिन तुमसे बातचीत करते हुए या तुम्हारा ख़याल दिमाग़ में ला करमैं अपने आपको कमज़ोर नहीं समझ सकता...लेकिन तुम शायद मेरा मतलब नहीं समझ सकी हो...।" यह कह कर वह एक तड़प के साथ उठ खड़ा हुआ।

फ़रिया ने मुस्करा कर उसकी तरफ़ देखा, "दुनिया में अजीब-अजीब आदमी बसते हैं...मैं...बहुत ही कोशिश करती हूँ कि उसको जिसने मुझे अभी धोका दिया है जालिम मानूँ। और उन लोगों को भी जो इससे पहले मुझे धोका दे चुके हैं बहशी जानवर समझूँ, मगर न जाने क्यों...मैं ऐसा नहीं कर सकती। मैं उलटा यह सोचती हूँ कि शायद मैंने ही उन पर जुल्म किया है। क्या पता मुझसे कोई ऐसी हरकत हो गयी हो जिससे उनको दुख पहुँचा हो। कभी-कभी गुस्से में आकर उनको बुरा-भला कहती हूँ लेकिन बाद में अफ़सोस होता है। आप नर्स की ज़िन्दगी को अच्छी तरह नहीं जानते। हस्पताल में जो कोई भी आता है रोगी और दुखी होता है। हर मरीज को हमारी हमदर्दी और देखभाल की ज़रूरत होती है। लोग मुझसे इश्क़ और मुहब्बत की बातें करते हैं और मैं समझती हूँ इन्हें कोई रोग है जिसका इलाज मेरे पास है...मगर मैं मैं...बड़ी बेवकूफ़ हूँ...और आप...।"

"मैं", सईद ने मुस्कराकर कहा, "मैं सबसे बड़ा बेवकूफ़।"

फ़रिया मुस्कराई और अचानक उसने सईद के होंट चूम लिए।

थोड़ी देर के लिए इस चुम्बन ने सईद को अचंभे में डाल दिया। वह अत्यधिक घबरा गया, "मिस फ़रिया...यह क्या...", फिर सँभल कर उसने कहा, "ओह...ओह ...कुछ नहीं...मुझे दरअसल ऐसी चीज़ों की आदत नहीं...।"

वह उठ खड़ा हुआ और झेंप-भरी हँसी-हँसी हँसते हुये बोला, "मैं तुम्हारा शुक्रिया अदा करता हूँ...।"

यह सुन कर फ़रिया बहुत हँसी, "शुक्रिया...शुक्रिया...तुम बिलकुल बच्चे हो...इधर आओ...", और ख़ुद आगे बढ़ कर उसने उसको अपनी बाँहों में ले लिया और उसको ओंटों पर अपने होंट जमा दिये।

इससे सईद और परेशान हो गया, "मिस फ़रिया...मिस फ़रिया...।"

फ़रिया ने हट कर उसकी तरफ़ देखा और कहा, "तुम बीमार हो...तुम्हें एक नर्स की ज़रूरत है...।"

अपनी घबराहट दूर करके सईद ने मुस्कराने की कोशिश करते हुए कहा—"मुझे सिर्फ़ एक नर्स की ही नहीं, और भी बहुत-सी चीज़ों की ज़रूरत है। मगर मुसीबत यह है कि यह सब चीज़ें मिलती नहीं हैं...मेरे बहुत से ख़याल लँगड़े हो चुके हैं...अब तो यह हालत हो चुकी है कि मैं ख़ुद भी नहीं समझ सकता कि मैं क्या हूँ और क्यों हूँ। एक चीज़ के लिए ख़्वाहिश करता हूँ, पर साथ ही साथ यह भी

चाहता हूँ कि उस ख़्वाहिश को किसी को बताऊँ नहीं। इसमें कुछ तो हमारी सोसाइटी के बनाये असूलों का क़सूर है और कुछ मेरा अपना...मैं एक बहुत बड़ा आदमी होता, यानी मेरे अन्दर सबका मुक़ाबला करने की हिम्मत होती, तो यह अलग बात थी। मगर अफ़सोस है कि मैं एक मामूली इंसान हूँ जिसका दिमाग़ उड़ानें भरना चाहता है...यह कितनी बड़ी ट्रेजेडी है...।"

फ़रिया ने उसकी बात सुनी और थोड़ी देर के बाद कहा, "लेकिन मैंने तो कभी अपने को मामूली औरत नहीं समझा। शायद यही ख़याल तमाम मुसीबतों की जड़ है। मैंने हमेशा यही सोचा है कि मैं ग़ैर-मामूली औरत हूँ। यानी मुझमें मुहब्बत करने की ताक़त दूसरी औरतों के मुक़ाबले में बहुत ज़्यादा है मगर यह अजीब बात है कि मैं किसी मर्द को हमेशा के लिए अपने पास रखने में कामयाब नहीं हो सकी। मेरी समझ में नहीं आता कि मर्द लोग औरत में क्या चाहते हैं?"

"मेरा ख़याल है ऐसी बातों के बारे में सोचना ही नहीं चाहिए...मर्द औरत में क्या चाहता है, औरत मर्द में क्या चाहती है और फिर यह दोनों मिलकर क्या चाहते हैं...यह चाहने का सिलसिला बहुत लम्बा है, जो कभी ख़त्म नहीं होगा। आओ, कुछ और बातें करें...हाँ, यह बताओ अब तुम क्या करना चाहती हो?"

फ़रिया ज़ोर से हँसी, "यह चाहने का सिलसिला कभी ख़त्म न होगा...।"

सईद भी हँस पड़ा।

फ़रिया बोली, "मैं बहुत दुखी हूँ। लेकिन इन बातों ने मेरा सारा दुख दूर कर दिया है। मैं वैसे भी ज़्यादा देर तक उदास नहीं रह सकती। लेकिन फिर भी जो बातें आपके और मेरे बीच हुई हैं इतनी अच्छी हैं कि वह थकान, जो मैं तीन-चार दिन से महसूस कर रही थी, गायब हो गयी है। अब मैं आगे के बारे में साफ़ दिमाग़ से सोच सकूँगी।"

"तो क्या इरादा है?"

"कोई ख़ास तो नहीं। लेकिन मैं अब अमृतसर वापस नहीं जाना चाहती। क्योंकि मुझे वहाँ फिर इस बात का खतरा रहेगा कि कोई आदमी बाग़ में घूमता आ निकलेगा और मेरी कमज़ोरियों का फ़ायदा उठाकर चलता बनेगा। मैं अब यहाँ लाहौर ही में रहना चाहती हूँ। आप कब तक यहाँ रहेंगे?"

सईद बोला, "मैं कुछ कह नहीं सकता। लेकिन ख़याल है, दो-ढाई महीने तक यहाँ और रहूँगा। मैं ख़ुद अमृतसर जाना नहीं चाहता।"

फ़रिया ने कहा, "तो मैं भी दो-ढाई महीने तक यहाँ रहूँगी। उसके बाद कोयटा चली जाऊँगी, जहाँ मेरी एक बहन रहती है। वहाँ से फिर कहाँ जाऊँगी इसके बारे में सोचना फिजूल है। मेरे पास दो सौ रुपये थे जिनमें से डेढ़ सौ बाक़ी रह गये हैं। होटल का किराया-विराया चुका कर मेरे पास सौ बचेंगे। उनसे क्या दो महीने गुज़ारा न हो सकेगा?"

"हो जायेगा, शर्त यह कि तुम फ़िज़ूलखर्ची न करो। मेरे पास सिर्फ़ दो सौ रुपये हैं और मुझे इनसे ज्यादा से ज्यादा वक़्त गुजारना है...मैं जब अमृतसर से चला था तो अम्मा ने मुझे ढाई सौ रुपये दिये थे। और मेरा ख़याल है, यह ढाई सौ रुपये मुझे देकर और हस्पताल वगैरह की फीस चुका कर उनके पास सिर्फ़ डेढ़ हज़ार रुपये बाक़ी बचे होंगे, जो हमारी कुल पूँजी है।"

सईद ने बिलकुल ठीक कहा। इसलिए कि उसकी माँ के पास अब मुश्किल से डेढ़ हज़ार रुपया शेष बचा था। बाप के दस हजार रुपये थे, जिनमें से कुछ उसने अपने बाप की ज़िन्दगी में फ़िज़ूलखर्ची में ख़त्म कर दिये, और कुछ उनकी मौत के बाद इधर-उधर बरबाद कर दिये। सईद ने यह रुपये ऐय्याशी पर ख़र्च नहीं किये थे। उसको बचपन में अजीब शौक़ थे। माँ से किसी न किसी बहाने या ख़ुद सन्दूक़ मे से रुपया निकाल कर उसने चोरी-चोरी कई साइकिलें ख़रीदीं, और मज़ा यह कि उसको साइकिल चलाने का ठीक ढंग भी नहीं आता था। इन साइकिलों को उसके मित्र इस्तेमाल करते और वह खुश हो जाता।

इसी तरह उसने घर में से रुपया चुराकर एक छोटी सिनेमा-मशीन ख़रीदी, तीन सौ रुपये की, और यह मशीन वह कभी चला न सका, इसलिए कि उसके मित्र के घर पर बिजली नहीं थी जहाँ उसने उसको छिपा रखा था। दो बार घर से भाग कर बम्बई गया और साथ में अपने मित्रों को भी ले गया। वहाँ भी उसने कोई ऐय्याशी न की, मगर सारा रुपया फ़िज़ूल बर्बाद हो गया।

सईद का बाप उस पर सख़्त नाराज रहता था। वह एक तेज़मिज़ाज आदमी था। उसको अपने बेटे की इन हरकतों पर सख़्त गुस्सा आता था। वह उसको कड़ी से कड़ी सज़ा भी देता, परन्तु वह उसको अपने जीवन-काल में सुधारने में सफल न हो सका।

परन्तु सईद की माँ का मिज़ाज बहुत नर्म था। उसे अपने बच्चे से इतना प्यार था कि यदि किसी से इसकी चर्चा की जाये, तो उसे यह कहानी लगे। इस लड़के की ख़ातिर उसने बहुत दुख झेले, बहुत कष्ट उठाये, परन्तु उसकी हर इच्छा को पूरा किया। वह लोगों से कहती थी, "मानती हूँ, मेरा लड़का बहुत फ़िज़ूलख़र्च है। उसको आगे-पीछे का कोई ख़याल नहीं। लेकिन दिल उसका बुरा नहीं...तुम देख लेना, एक दिन सब दलिद्दर दूर कर देगा...।"

अब भी उसका यही ख्याल था कि एक दिन उसका बेटा, जो अच्छे दिल वाला था, अचानक नया आदमी बन जायेगा और सब लोग आश्चर्य से उसका मुँह देखते रह जायेंगे।

माँ के दिल में अपने बेटे के लिए ऐसे विचारों का पैदा होना एक स्वाभाविक बात है...क्योंकि सईद की माँ ख़ुदा पर भरोसा रखने वाली औरत थी, इसलिए वह कभी निराश नहीं होती थी। उसको उम्मीद थी कि उसका इकलौता बच्चा बहुत जल्दी सुधर जायेगा और उसकी तमाम परेशानियाँ दूर हो जायेंगी। वह हर वक़्त ख़ुदा से

उसके भले के लिए दुआ माँगती रहती।

इधर उसका लड़का एक तेज़ धारे में बहता चला जा रहा था। वह किसी तरह की चिन्ता ही न करता था। एक जमाने से उसके विचार विभिन्न रूपों में बन-बिगड़ कर इधर-उधर बिखर रहे थे।

उसकी ज़िन्दगी एक कहानी थी, जो कागज पर लिखी गई थी। जिस तरह कहानी का प्लाट बनाते समय लेखक के विभिन्न विचारों का एक उलझाव-सा पैदा हो जाता है, और घटनाओं-दुर्घटनाओं का एक ढेर-सा लग जाता है, उसी प्रकार उसकी ज़िन्दगी ऐसे अनगिनत कच्चे विचारों का गढ़ थी, जो एक के ऊपर एक ऊटपटाँग ढंग से पड़े थे।

वह एक लम्बी टेढ़ी-मेढ़ी पगडण्डी पर जा रहा था, बड़ी तेज़ी के साथ। जो कुछ उसके पीछे रह गया था, उस पर उसने कभी ध्यान नहीं दिया था। जो उसके आगे आने वाला था, उससे भी वह बिलकुल बेख़बर था। वह भूत और भविष्य की सीमाओं के बीच में वर्तमान के साथ खेल रहा था—ऐसा खेल जिसका मतलब समझने के लिए यदि उसने चेष्टा भी की तो असफल रहा...

बाप की डाँट और माँ की लगातार दुआओं ने उस पर कोई असर न किया था। और वह अपनी ज़िन्दगी को समझने और न समझने की कोशिश में व्यस्त एक ऐसे रास्ते पर चलता रहा जो एक साथ मुश्किल भी था और आसान भी।

उसका बाप उसकी आँखों के सामने उसके इस तरह के जीवन पर अफ़सोस करता-करता चल बसा। बाप की मृत्यु ने उस पर काफ़ी प्रभाव डाला। वह कई घण्टों तक अपने बाप की लाश पर रोया, परन्तु इस मातम के दौरान उसका दिमाग़ आँसुओं के आगे देखने की कोशिश करता था, आगे...बहुत आगे...। औरतों की चीख़ों और रोने-धोने की भयानक आवाज़ों के अन्दर न जाने कहाँ उसके विचार एक ऐसी आवाज़ तलाश कर रहे थे, जिसको सुन कर उसे पूर्ण शान्ति मिल सके। उसकी आँखें रोईं, उसका सारा अस्तित्व रो रहा था। उसको अपने बाप की मृत्यु का अत्यधिक दुःख था। मगर रोते-रोते एकदम उसे ख़याल आया था—"मैं रो रहा हूँ...यह लोग जो आस-पास बैठे हैं, वे कहीं यह तो ख़याल नहीं करते कि यह सब ढोंग है...।"

इस विचार ने सईद को अकस्मात् एक नयी दुनिया में फैंक दिया था। उसके आँसू बिलकुल सूख गये, और वह देर तक आपने बाप के बेजान चेहरे की तरफ़ देखता रहा था।

बाप को क़ब्र के सुपुर्द करके जब वह अपने मित्रों और रिश्तेदारों के साथ घर वापस आया था तो रात को अकेले में उसे यह महसूस करके बहुत आश्चर्य हुआ था, कि वह बहुत हल्का हो गया है, जैसे उसके अस्तित्व पर से मनों वजन उठा दिया गया है। इसका मतलब समझने की उसने कोशिश की परन्तु असफल रहा।

बाप की मृत्यु के पश्चात् उसने एक दिन बैठ कर बहुत से पक्के इरादे किये

कि वह अब अपना नया रास्ता बनायेगा। मगर यह नया रास्ता अपनाने पर भी वह उसी पुराने रास्ते पर चलता रहा। यह रास्ता कुछ मोड़ों के बाद ही उसे उसी पुराने रास्ते पर ले गया, जिस पर एक अर्से से चल रहा था। जब उसे इस बात का अहसास हुआ, तो उसने सोचा कि ज़िन्दगी ख़ुद रास्ते बनाती है। रास्ते ज़िन्दगी नहीं बनाते। मगर इस विचार पर अधिक ध्यान दिये बिना वह चलता रहा...और चलते-चलते उसकी राजो से मुठभेड़ हो गयी। उससे अपना दामन बचाकर वह भागा, तो लाहौर में मिस फ़रिया से अचानक मुलाक़ात हो गयी और उसे ऐसा महसूस होने लगा कि इस एंग्लो-इंडियन लड़की के लिए उसे अपना सफ़र कुछ दिनों के लिए रोक देना पड़ेगा।

मिस फ़रिया से प्रेम करने का ख्याल व्यर्थ था, क्योंकि उसने इस कोण से देखने का ख़याल ही उसके दिमाग़ में पैदा नहीं होता था। फ़रिया सुन्दर थी, उसमें वह तमाम बातें थीं, जो मर्दों की विशेष इच्छाएँ पूरी कर सकती हैं। परिस्थितियों ने इन दोनों को एक-दूसरे के बिलकुल पास खड़ा कर दिया था। सईद के दिल में यह इच्छा पैदा हो रही थी कि वह फ़रिया को छू कर देखे। उसको समझने का विचार उसके दिमाग़ में पैदा नहीं हुआ था।

"देखो मिस फ़रिया," उसने उससे कुछ कहने की कोशिश की, "देखो", लेकिन वह कुछ न कह सका।

फ़रिया ने उससे कहा, "तुम कुछ कहते-कहते रुक क्यों जाते हो? कहो, जो कुछ तुम्हें कहना है, कहो..."

"मैं नहीं कह सकता...मैं कुछ कहना चाहता हूँ मगर लफ़्ज़ फिर अन्दर लुढ़क जाते हैं। मेरी यह कमज़ोरी कभी दूर न होगी। मैं कुछ नहीं कहना चाहता!"

"यह और भी बुरा है। तुम कुछ कहना चाहते हो...और फिर कुछ कहना भी नहीं चाहते...यह क्या मुसीबत!"

"मैं तुमसे कई बार कह चुका हूँ कि मैंने ऐसी फ़िज़ा में परवरिश पायी है, जहाँ सच्ची बात कहने वाला बेअदब समझा जाता है, जहाँ आज़ाद-ख़याल आदमी को पसन्द नहीं किया जाता...। इसमें मेरा क्या कसूर है...मैं...मैं...तुमसे और कहूँ...तुम ख़ूबसूरत हो...तुम्हारी बातें भी मुझे अच्छी लगती हैं...मैं भी बुरा नहीं...लेकिन... लेकिन फिर...और यह तुम्हारा चूमना...यह तुम्हारा चूमना अभी तक मेरे होंठों पर महसूस हो रहा है। क्या यह हमेशा यूँ ही चलता रहेगा...?"

फ़रिया ने उसकी तरफ़ अर्थपूर्ण दृष्टि से देखा, और बड़ी गम्भीरता से बोली, "एक और चुम्बन तुम्हारे होंटों पर दूँ...दो हो जायेंगे तो अच्छा रहेगा।"

यह सुन कर सईद ने थोड़ी देर सोचा और कहा, "मिस फ़रिया, मैं तुमसे एक बात पूछूँ...?"

"बड़े शौक़ से। एक के बदले दो पूछो...तीन पूछो...और चाहे तो पूछते जाओ।"

"मैं पूछता हूँ...क्या तुमसे मुहब्बत करना ज़रूरी है...यानी क्या तुमसे मुहब्बत

किये बिना दोस्ती नहीं हो सकती...?"

"तुम्हारा यह सवाल बड़ा अजीब है। मुहब्बत के बिना दोस्ती कैसे हो सकती है और दोस्ती के बिना मुहब्बत भी तो नहीं की जा सकती। तुम ख़ामख़्वाह उलझनों में फँस रहे हो।"

यह कहते-कहते उसके गाल सुर्ख़ हो गये, "मैंने तो कभी ऐसी बातों पर ग़ौर नहीं किया। और ऐसी बातों पर ग़ौर ही कौन करता है? सोच-विचार के लिए और बहुत चीज़ें हैं..."

"फ़रिया, मैं एक नयी दुनिया की सरहद पर खड़ा हूँ...उसके अन्दर दाख़िल होने से पहले मैं बहुत कुछ सोचना चाहता हूँ। मगर अजीब मुसीबत है कि सोच ही नहीं सकता...मगर मुझे सोचना जरूर है, उसके बिना गुजारा न होगा।"

फ़रिया के गाल और सुर्ख़ हो गये, "तुम बिलकुल बच्चे हो...उसके बग़ैर ही अच्छी तरह गुज़ारा हो सकेगा...तुम...तुम...आख़िर क्या चाहते हो तुम?"

फ़रिया के इस प्रश्न ने सईद को परेशान कर दिया, "मैं...मैं...क्या चाहता हूँ...मैं चाहता हूँ कि तुम मेरे पास रहो।"

यह कहकर सईद को ऐसा महसूस हुआ कि उसका सीना एकदम ख़ाली हो गया है, जैसे मोटर के टायर से हवा निकल जाये यह घबराहट की स्थिति में उठा और तेज़ी से कमरे के बाहर चला गया। फ़रिया बैठ रही। उसका विचार था कि वह तुरन्त ही लौट आयेगा मगर जब दस-पन्द्रह मिनट बीत गये, तो उसने उठकर बाहर बालकनी में देखा तो वहाँ कोई भी नहीं था। नीचे बाज़ार में नज़र दौड़ाई, तो वहाँ भी सईद कहीं नज़र न आया। फ़रिया को बड़ा आश्चर्य हुआ कि उसे अकेला छोड़ कर आख़िर वह कहाँ भाग गया है। वापस कमरे में आकर वह उसकी प्रतीक्षा करने लगी।

हिम्मत से काम ले कर शाम को जब सईद वापस लौटा और कमरे में दाख़िल होने लगा तो दरवाज़ा बन्द था। उसने धीरे से दस्तक दी...।

थोड़ी देर के बाद दरवाजा खुला। वह अन्दर आ गया तो फ़रिया ने तुरन्त ही दरवाज़ा बन्द करते हुए कहा, "तुम्हें शर्म नहीं आती। इतनी देर के बाद घर वापस आये हो...लेकिन छोड़ो इन बातों को...बताओ कि अब क्या खाएँगे और कहाँ खाएँगे...मुझे बड़ी भूख लग रही है..."

वह कुछ कहने ही वाला था कि उसकी नज़रें लोहे की चारपाई पर पड़ीं। बिस्तर बिछा हुआ था। तकिये रखे थे। तकियों के पास ही उसका वह नावल रखा था, जो उसने अभी तक आधा ही पढ़ा था। उसके चारों जूते एक लाइन में चारपाई के नीचे रखे थे। कपड़े के ट्रंक घसीट कर कोने में रख दिये गये थे और सामने खिड़की की सिल पर उसकी घड़ी पड़ी थी। इधर दायें हाथ को जो बाथरूम था, उसका दरवाज़ा खुला था, और उसने देखा कि स्टैंड पर तौलिया लटक रहा है। उसको ऐसा महसूस हुआ कि वह एक जमाने से इस कमरे में रह रहा है और फ़रिया को भी वह मुद्दतों

से जानता है। उसकी इस सोच से बड़ा आराम मिला।

खुश हो कर सईद ने कहा, "फ़रिया...भई, एक बात की कमी रह गयी है। इधर जंगले पर तुम्हारे धुले हुए बनियान लटकने चाहिए, और साथ वाला कमरा ख़ाली पड़ा है, उसमें तुम्हारी सिंगार-मेज़ होनी चाहिए और उस पर पाउडर और क्रीमों के डिब्बे होने चाहिए...और...और...अगर एक झूलना भी आ जाये, तो क्या हरज है...तब तो पूरा ख़ानदान जमा हो जाये, और मैं...मैं...लेकिन मैं ज़रूरत से ज़्यादा तो नहीं कह गया।"

फ़रिया ने बढ़कर उसके गले में अपनी बाँहें डाल दीं—"तुम बेकार बातों को अपने दिमाग में जगह न दिया करो। साथ वाला कमरा कल ही ले लेना चाहिए, सिंगार मेज भी रहे, लेकिन यह झूलने की बात ग़लत है। मुझे जल्दी माँ बनने की ख़्वाहिश नहीं...लेकिन खाना खाने के बारे में तुम्हारा क्या ख्याल है? मैं कहती हूँ...वहीं होटल में आख़िरी डिनर उड़ाया जाये, और किराया-विराया चुका कर मैं अपना सामान यहाँ ले आऊँ..."

यह सुन कर सईद घबरा गया। फ़रिया की बाँहें हटाते हुए उसने कहा, "मगर ...मगर इस कमरे में दो आदमियों की जगह कहाँ है..."

"हटाओ जी", फ़रिया ने अपना हैंड-बैग खोल कर गालों पर पाउडर लगाते हुए कहा, "देखा जायेगा...इस कमरे में तो आधा दर्जन मरीज समा सकते हैं, और हम तो सिर्फ़ दो हैं। दरअसल तुम बिलकुल वह हो। तुम्हें कुछ मालूम नहीं कि घर-बार कैसे चलाया जाता है...चलो, अब बाहर चलें...।"

आठ

सईद बेहद खुश था।

फ़रिया के साथ रहते हुए उसे पूरे दस दिन हो गये थे। साथ वाला छोटा कमरा उन्होंने किराये पर ले लिया था। सिंगार-मेज भी आ गया था और इधर दूसरे कमरे में एक छोटी तिपायी और तीन कुर्सियाँ भी ला कररख दी गयी थीं। जीवन बड़े मज़े से बीत रहा था।

फ़रिया खुश थी कि उसे इतना अच्छा साथी मिल गया, जिसका दिल धोखेबाजी से बिलकुल साफ़ है...और सईद खुश था कि उसे औरत मिल गयी है...जीवन में पहली बार उसे एक औरत मिल गयी है...जिसको वह छू कर देख सकता है...और जिससे वह बेतकल्लुफ़ बातें कर सकता है। फ़रिया सलीकेदार औरत है और उसे खुश रखने के बहुत से तरीक़े जानती है।

फ़रिया हमेशा खुश और शान से रहना पसन्द करती थी। उसकी सबसे बड़ी

ख़ूबी यह थी कि उसके शारीरिक प्रेम में भी एक निश्छलता थी। ऐसी निश्छलता सर्दियों में दहकते हुए कोयलों के अन्दर दिखायी दिया करती थी...दस दिन उनको इकट्ठे रहते हो गये थे। फ़रिया अपने जीवन के बारे में अधिक सोचना नहीं चाहती थी। लेकिन सईद के दिमाग़ में यह विचार कभी-कभी भिनभिनाती मक्खी की तरह दाख़िल हो जाता था यदि उसके किसी रिश्तेदार या मित्र ने यह सब कुछ देख लिया, तो क्या होगा। यह सोचते ही उसे बड़ी उलझन होने लगती। और एक अजीब-सी इच्छा उसके दिल में जन्म लेती थी कि यह सारी दुनिया थम जाये...वह ख़ुद बुत-सा बन जाये और सब लोग बेजान पत्थरों की तरह हो जायें—

वह सोचता...यह आख़िर क्या है...मैं जिस तरह चाहूँ, अपनी ज़िन्दगी बसर करूँ...लोगों को उससे क्या मतलब...मैं अगर शराब पीता हूँ, तो लोगों के बाप का इसमें क्या जाता है! मैं अगर औरत को अपने साथ रखना चाहता हूँ, तो इसमें दूसरों की इजाज़त लेने का मतलब ही क्या है...क्या मैं अपने कामों का ख़ुद जिम्मेदार नहीं...?

लेकिन वह फिर सोचता कि ऐसी बातों पर सोचना बिलकुल बेकार है।

वह खुश था। बहुत खुश। मगर इसी खुशी के साथ-साथ यह अहसास भी एक मद्धम लकीर की तरह दौड़ रहा था कि वह किसी दिन पकड़ा जायेगा, और उसे अपने मित्रों और रिश्तेदारों के सामने लज्जित होना पड़ेगा...सबसे अधिक कष्टदायक बात यह थी कि उसे ज़बर्दस्ती लज्जित होना पड़ेगा, यानी अपनी इच्छा के विरुद्ध। वह बिलकुल विवश होगा। वह तमाम बातें जो सईद के दिल में थीं और वह तमाम विद्रोही विचार जो उसके दिमाग़ में पल रहे थे वहीं धरे रह जायेंगे। उसका सिर झुक जायेगा, उसको लज्जित होना पड़ेगा...।

एक दिन संयोग ऐसा हुआ कि सईद और फ़रिया दोनों शाम को चार्ली चेप्लीन की फिल्म 'माडर्न टाइम्स' देखने गये और जब खेल देख कर सिनेमा हाल से बाहर निकले तो एक आदमी ने उनकी तरफ़ बड़े ध्यान से देखा। फ़रिया ने उससे कहा, "यह आदमी तुम्हें बड़े ग़ौर से देख रहा है, तुम्हारा दोस्त तो नहीं?"

सईद ने उस घूरने वाले आदमी की तरफ़ देखा और ज़मीन उसके पैरों के नीचे से निकल गयी। यह उसका दूर-दराज का एक रिश्तेदार था जो लाहौर ही में रहता था और किसी कॉलेज में पढ़ रहा था। उसने सिर के इशारे से उसके सलाम का उत्तर दिया और फ़रिया को साथ लिए बिना जल्दी से उस भीड़ में घुस गया जो मुख्य दरवाज़े पर जमा थी।

बाहर निकल कर जो पहला ताँगा नज़र आया सईद उसमें बैठ गया। इतने में फ़रिया आ गयी। जल्दी से उसको ताँगे में बिठा कर घर का रुख़ किया। रास्ते में उनकी कोई बात नहीं हुई। परन्तु जैसे ही वे कमरे में घुसे, फ़रिया ने कहा—"यह एकदम तुम्हें क्या हो गया है...वह आदमी कौन था जिससे डर कर तुम मुझे छोड़

कर भाग गये?"

टोपी उतार कर सईद ने चारपाई पर फेंक दी और कहा, "मैं उसका नाम तो नहीं जानता, लेकिन वह मेरा रिश्तेदार है...अब बात निकलती-निकलती कहाँ की कहाँ फैल जायेगी..."

फ़रिया ज़ोर से हँसी, "बस?...बस इतनी सी बात को जनाब ने अफ़साना बना दिया...अजी हटाओ...कौन-सी बात कहाँ तक फैलेगी...तुम बड़े वहमी हो...चलो आओ, मैं तुम्हारे गले पर मालिश कर दूँ...इधर-उधर की बातें शुरू कर दोगे तो मुझे याद न रहेगा...कल से तुम्हारा गला ख़राब है...बस अब मैं कुछ न सुनूँगी...इस कुर्सी पर बैठ जाओ...ठहरो कोट मैं उतार देती हूँ...।"

कोट और टाई उतार कर फ़रिया ने सईद के गले पर मालिश शुरू कर दी और वह थोड़ी देर के लिए अपने उस रिश्तेदार को भूल गया।

मालिश करते-करते फ़रिया ने उससे कहा, "अरे...डिनर खाना तो हम भूल ही गये...तुम अफरा-तफरी में यहाँ दौड़ आये और सारा प्रोग्राम चौपट हो गया। हमने यह तय किया था कि सिनेमा देख कर खाना 'स्टिफल' में खाएँगे...और यूँ इतवार का दिन मजे से कट जायेगा...अब क्या ख्याल है...।"

"मेरा ख्याल क्या पूछती हो, चलो, मगर मुझे तो भूख नहीं है...और फिर मेरा गला भी ख़राब है...।"

"तो ऐसा करो, भाग कर नीचे से एक डबल-रोटी ले आओ। थोड़ा-सा मक्खन और पनीर यहाँ पड़ा है...जेम भी है...दो टोस तुम खा लेना, बाक़ी मैं खा लूँगी...यह भी बुरा नहीं...'स्टिफल' में खाना अगले इतवार को सही...।"

सईद डबल-रोटी ले आया। मिस फ़रिया ने यूँ चुटकियों में तिपायी पर कपड़ा बिछा कर डिनर चुन दिया, और दोनों खाने में मगन हो गये...।

एक टोस मक्खन लगा कर फ़रिया ने उसको दिया और कहा, "अगर दिन यूँ ही बीतते जायें तो कितना अच्छा हो...मैं ज़िन्दगी से और कुछ नहीं माँगती...सिर्फ़ ऐसे दिन माँगती हूँ जो इस टोस की तरह मक्खन लगे हैं...।"

सईद ने जो अपनी होने वाली बदनामी के बारे में सोच रहा था। फ़रिया के चिकने गालों की तरफ़ देखा। उसके दिल के एक कोने में यह इच्छा पनपी कि वह उठ कर उन्हें चूम ले। सईद अभी कोई निर्णय न ले पाया था कि फ़रिया मुस्कराती हुई उठी और अपने होंट सईद के होंटों से जोड़ दिये।

एक क्षण के लिए सईद को ऐसा महसूस हुआ कि फ़रिया के होंटों की छुअन ने झिंझोड़ कर उसकी रूह को आज़ाद कर दिया है। तुरन्त ही उसने ज़ोर से फ़रिया के सख़्त सीने को अपनी छाती के साथ भींच लिया और दूसरे ही क्षण वे दोनों लोहे के पलँग पर एक-दूसरे में गुम थे।

सईद पागलों की तरह फ़रिया के गालों और होंटों और आश्चर्य से फड़फड़ाती

हुई काली आँखों को चूमने लगा। फ़रिया को सईद की यह मरदाना गर्मी पसन्द आयी और उसने अपने को उसकी बाँहों में सौंप दिया।

अकस्मात सईद को फ़रिया की इस स्थिति का अहसास हुआ...और जिस तरह थर्मामीटर को बर्फ़ दिखाने से उसका पारा नीचे गिरता है उसी तरह सईद की सारी गर्मी उसके डरपोक दिल में सिमट आयी और वह माथे से ठण्डा पसीना पोंछता हुआ फ़रिया के पास से अलग हट गया।

फ़रिया को जैसे बड़े ज़ोर से ठेस लगी। उसने भिंची हुई आवाज़ में केवल इतना कहा, "क्या बात है सईद?"

"कुछ नहीं," यह कह कर सईद की गर्दन झुक गयी, "मैं तुम्हारे क़ाबिल नहीं हूँ..."

यह सुन कर फ़रिया के होंट बड़े प्यार से खुले। 'डार्लिंग' कहते हुए वह उठी और सईद के गले को अपनी दोनों बाँहों में लेते हुए बोली, "बेवकूफ़ मत बनो।"

सईद ने उसी बुझे लहजे में उत्तर दिया, "मैं ख़ुद नहीं बनता, बेवकूफ़ या जो कुछ भी हूँ, यह मेरे माहौल की वजह से है।" यह कह कर उसने फ़रिया की बाहें धीरे से हटाईं, "मुझ में और तुम में बहुत फ़र्क़ है। तुम आज़ाद माहौल में पैदा हुई हो। तुम अँगरेज नहीं हो, तुम्हारा रंग हाकिम कौम के रंग से नहीं मिलता, लेकिन इसके बावजूद तुम न चाहते हुए भी यह महसूस करती हो कि तुम्हारा दरजा हम हिन्दुस्तानियों से बहुत ऊँचा है। लेकिन छोड़ो इसको। तुम सब के सामने भी मुझे डार्लिंग कह सकती हो। मगर अकेले में भी तुम्हें डार्लिंग कहते हुए मेरी जबान रुक जायेगी। तुम्हारी सोच आज़ाद है, लेकिन मेरी सोच माहौल की जंजीरों में जकड़ी हुई है। तुम मुकम्मिल हो, लेकिन मैं अधूरा हूँ..."

फ़रिया जिसके कानों में अभी तक सईद की मर्दाना गर्मी के स्वर भनभना रहे थे, सईद की इन दार्शनिक क़िस्म की बातों को न समझ सकी, बोली—"जाने तुम क्या कह रहे हो।"

सईद पलँग पर बैठ गया। जेब से सिगरेट निकाल कर उसने फ़रिया की तरफ़ देखा। इस ख्याल से कि अपनी और फ़रिया की स्वस्थ इच्छा को उसने बड़े ही भौण्डे तरीके से अधूरा छोड़ दिया है, सईद को सख़्त अफ़सोस हुआ। वह बोला, "तुम मेरी उलझी हुई बातें नहीं समझोगी, इसलिए कि तुम्हारी ज़िन्दगी के तार बिलकुल सीधे हैं, लेकिन यहाँ मेरे दिमाग़ में उलझाव के सिवा और कुछ है ही नहीं। मैंने एक बार पहले भी कहा था, कि मैं तुम्हारे क़ाबिल नहीं। एक बार फिर कहता हूँ फ़रिया—मैं तुम्हारे क़ाबिल नहीं..."

फ़रिया ने चिढ़ कर पूछा—"क्यों?"

"बताता हूँ। लेकिन तुम पहले मुझसे यह पूछो—सईद, क्या तुम अपनी बीवी बनाकर मुझे अपने घर ले जा सकते हो?"

फ़रिया ने मुस्कराते हुए कहा—"लेकिन मैंनें तुमसे कब कहा है कि मुझसे शादी करो।"

सईद ने सिगरेट सुलगाया और जरा सोच कर कहा, "तुमने मुझसे ऐसा नहीं कहा, लेकिन मैंने बार-बार अपने दिल से यही सवाल किया है, और मुझे हमेशा यही जवाब मिला है, कि सईद, तुममें इतनी हिम्मत नहीं है। जब मेरे सवाल का यह जवाब है, तो बताओ, मैं कैसे तुम्हारे क़ाबिल हो सकता हूँ..."

फ़रिया अपने भावों में डूबती हुई बोली, "क्या हम शादी के बिना एक-दूसरे से मुहब्बत जारी नहीं रख सकते?"

यह सुन कर सईद के दिल में सिमटी हुई गर्मी थोड़ी सी फैली, परन्तु वह फ़रिया के पास से उठ खड़ा हुआ, "नहीं।"

"क्यों?"

"इसलिए कि मैं यहाँ चोरों की तरह रहता हूँ। आज ही की बात ले लो। सिनेमा के बाहर एक रिश्तेदार को देख कर, जिसका नाम भी मुझे याद नहीं, मैं कितना परेशान हो गया था। मैंने तुम्हें ऐसे छोड़ दिया था जैसे तुम मेरे लिए बिलकुल अजनबी थीं। ऐसे गिरे हुए आदमी के साथ रह कर तुम्हें ज़िन्दगी का क्या मज़ा आ सकता है...जो अभी-अभी औरत की मुहब्बत को ठुकरा कर एक तरफ़ हट गया था..."

फ़रिया मुस्कराती हुई पलँग पर से उठी और एक बार फिर अपनी बाँहें सईद के गले में डाल दीं—"तुम बड़े अच्छे हो सईद...बस एक मैं ही मुहब्बत करना नहीं जानती।"

फ़रिया की बेहद सादगी ने सईद की घायल रूह पर एक और चोट की। उसने धीरे से फ़रिया के परेशान बाल सँवारे और कहा, "नहीं...यह मेरा जुर्म है...और मैं इसकी सज़ा एक मुद्दत से भुगत रहा हूँ...तुम से अलग हुआ तो यह सज़ा बाक़ी ज़िन्दगी की भी हो जायेगी।"

फ़रिया चीख़ उठी, "तुम मुझे छोड़ दोगे?"

सईद जवाब में केवल इतना कह सका—"मुझे अपने आप से यही उम्मीद है।"

फ़रिया बिलख-बिलख कर रोने लगी।

सईद कुछ क्षण चुप खड़ा रहा। परन्तु इस संक्षिप्त समय में उसके दिल की सिमटी हुई गर्मी उसके सारे शरीर में फैल गयी थी। उसने सुर्ख़ आँखों से फ़रिया को देखा और आगे बढ़कर अपने जलते हुए होंट उसके होठों पर जमा दिये।

एक बार फिर लोहे के पलँग पर वे एक-दूसरे में गुम हो गये थे।

मेरा और उसका इन्तक़ाम

घर में मेरे सिवा कोई मौजूद नहीं था। पिता जी कचहरी में थे और शाम से पहले कभी घर आने के आदी न थे। माता जी लाहौर में थीं और 'बिमला' मेरी बहिन अपनी किसी सहेली के यहाँ गयी थी। मैं तन्हा अपने कमरे में बैठा किताब लिये ऊँघ रहा था कि सदर दरवाज़े पर दस्तक हुई। उठकर दरवाज़ा खोला तो देखा कि 'पार्वती' है।

दरवाज़े की देहलीज़ पर खड़े-खड़े उसने मुझसे पूछा, "मोहन साहब! 'बिमला' अन्दर है क्या?"

जवाब देने से पेश्तर एक लम्हे के लिए 'पार्वती' की तमाम शोख़ियाँ मेरी निगाहों में फिर गयीं और जब मैंने सोचा कि घर में कोई तनफ़्फ़ुस मौजूद नहीं तो मुझे एक शरारत सूझी। मैंने झूठ बोलते हुए बड़ी बेपरवाही के अन्दाज़ में कहा–

"अपने कमरे में ब्लाउज़ टाँक रही है।"

ये कहकर मैं दरवाज़े से बाहर गली में निकल आया। 'बिमला' का कमरा बालाई मंज़िल पर था। जब मैंने गली के रोशनदान से 'पार्वती' को सीढ़ियाँ चढ़ते देखा तो झट से दरवाज़े में दाख़िल हो कर उसको बन्द कर दिया और कुण्डी चढ़ाकर वह कुफ़्ल लगा दिया जो पास ही दीवार पर एक कील से लटक रहा था। दरवाज़े में ताला लगाने के बाद मैं अपने कमरे में चला आया और सोफ़े पर लेट कर अपने दिल की धड़कनों को सुनता रहा।

'पार्वती' के किरदार का हल्का सा नक़्शा यूँ खींचा जा सकता है।

वह बयक वक़्त एक शोख़, चंचल और शर्मीली लड़की है। अगर इस घड़ी आपसे बड़ी बेतक्ल्लुफ़ी से बात कर रही है तो थोड़े ही अर्से के बाद आप उसे बिलकुल मुख़्तलिफ़ पायेंगे। शरारत उसकी रग-रग में कूट-कूट कर भरी है। लेकिन बाज़ अवक़ात इतनी संजीदा और मतीन हो जाती है कि उससे बात करने की जुर्रत तक नहीं हो सकती। मुहल्ले भर में वह अपनी क़िस्म की वाहिद लड़की है। लड़कों से छेड़छाड़ करने में उसे ख़ास लुत्फ़ आता है। अगर कोई लड़का जवाब में मामूली सा मज़ाक़ भी कर दे तो उसे सख़्त नागवार गुज़रता है। गली के नौजवानों के नाज़ुक

जज़्बात से खेलने में उसे ख़ास लुत्फ़ आता है। बिल्ली की तरह वह चाहती है कि चूहा उसके पंजों के नीचे दुबका रहे और वह उसको इधर-उधर पटख़-पटख़ कर खेलती रहे। जब उकता जाये तो छोड़ कर चली जाये। क़ोठे पर चढ़कर मुहल्ले के लड़कों के पतंग तोड़ लेने में उसे एक ख़ास महारत हासिल है।

हमारे घर में उसका अक्सर आना-जाना था। इसलिए मैं उसकी शोख़ तबियत से एक हद तक वाक़िफ़ था। मेरे साथ वह कई मर्तबा नोक-झोंक कर चुकी थी, मगर मैं दूसरों की मौजूदगी में झेंप कर रह जाता था। मुझे उससे नफ़रत न थी। इसलिए कि उसमें कोई शय भी ऐसी नहीं जिससे नफ़रत की जा सके। अलबत्ता उसकी तबियत किसी क़दर उलझी हुई थी और उसकी हद से ज़्यादा शोख़ी बाज़ अवक़ात मेरे जज़्बात पर बहुत गिरां गुज़रती थी। अगर मैं सबके सामने उसकी फुलझड़ी ऐसी ज़बान को (जिससे कभी तेज़-ओ-तुन्द और कभी नर्म-ओ-नाजुक शरारे निकलते थे) अपनी गोयायी की कुबत पर ज़ोर देकर बन्द कर सकता तो मुझे ये शिकायत हर्गिज़ न होती बल्कि इसमें ख़ास लुत्फ़ भी हासिल होता। मगर यहाँ मौजूदा निज़ाम की मौजूदगी में इस क़िस्म के ख़्वाब क्यों कर पूरे हो सकते हैं।

पार्वती के मुतनासिब जिस्म में जुम्ला खूबियाँ भरी पड़ी थीं। दोशीज़गी उसके हर अंग में साँस लेती थी। आँखों में धूप और बारिश के तसादुम ऐसी चमक, गदराये हुए जोबन का दिलकश उभार, आवाज़ में सुबह की ख़ामोश फ़ज़ा में मन्दिर की घण्टियों की सदा ऐसी हलावत और चाल...ऐसे अल्फ़ाज़ नहीं हैं कि उसके ख़िराम का नक़्शा पेश किया जा सके।

घर ख़ाली था। दूसरे लफ़्ज़ों में मैदान साफ़ था। इसलिए मैंने मौक़ा बहुत मुनासिब ख़याल किया और उससे इन्तिक़ाम लेने की ठान ली। मेरी अर्से से ख़्वाहिश थी कि उस फिसल जाने वाली मछली को एक बार पकड़ कर इतना सताऊँ, इतना सताऊँ कि रो दे और कुछ अर्से के लिए अपनी तमाम शोख़ियाँ भूल जाये।

मैं कमरे में बैठा था कि वह हस्ब-ए-तवक़्क़अ घबरायी हुई आयी और कहने लगी—

"दरवाज़े में ताला लगा हुआ है।"

मैं बनावटी हैरत से मुज़तरिब हो कर यकायक उठकर खड़ा हो गया।

"क्या कहा?"

"सदर दरवाज़े में ताला लगा हुआ है।"

"बाहर से गली के उन गन्दे लौण्डों ने ताला लगा दिया होगा।"

ये कहता हुआ मैं उसके पास आ गया।

इस पर पार्वती ने कहा, नहीं, नहीं। ताला तो अन्दर से लगा हुआ है।

"अन्दर से?—और बिमला कहाँ है?"

"अपने कमरे में तो नहीं। कोने-कोने में देख आयी हूँ। कहीं भी नहीं मिली।"

"तो फिर उसी ने ये शरारत की है। जाओ देखो बावर्चीख़ाने, गुसलख़ाने में या इधर-उधर कहीं छिपी होगी—तुमने तो मुझे डरा ही दिया था।"

ये कहकर मैं वापस मुड़कर सोफ़े पर लेट गया और वह 'बिमला' को ढूँढ़ने चली गयी। पन्द्रह-बीस मिनट के बाद फिर आयी और कहने लगी—

"मैंने तमाम घर छान मारा, परमात्मा जाने कहाँ छिपी है। आज तक मेरे साथ उसने इस क़िस्म की शरारत नहीं की। लेकिन आज जाने उसे क्या सूझी है?"

पार्वती सोफ़े के पीछे खड़ी थी। मैंने उसकी बात सुनी और पास पड़े हुए अख़बार के पन्ने खोलते हुए कहा—

"मुझे ख़ुद ताज्जुब हो रहा है। सेहन के साथ वाले कमरों में जा कर तलाश करो, वहीं किसी पलँग के नीचे छिपी बैठी होगी।"

ये सुन कर पार्वती ये कहती हुई चली गयी—

"उसे मेरी शरारतों का इल्म नहीं, ख़ैर सो सुनार की, एक लोहार की।"

उसको मुज़तरिब देख कर मेरा जी बाग़-बाग़ हो रहा था। उस तित्तरी को अपनी होशियारी पर कितना नाज़ था। मैं हँसा, इसलिए कि उसके फड़फड़ाने वाले पर मेरी गिरफ़्त में थे। और मैं बड़े मज़े से उसके इज़्तिराब का तमाशा कर सकता था।

मैं अपने ज़ेहन में इस होने वाले ड्रामे का तमाम प्लॉट तैयार कर चुका था और उस पर अमल कर रहा था। थोड़ी देर के बाद वह फिर आयी। इस मर्तबा सख़्त झल्लायी हुई थी। दाहिने कान से बहुत नीचे बालों का एक गुच्छा क्लिप की गिरफ़्त से आज़ाद हो कर ढलक आया था। साड़ी सिर पर से उतर गयी थी और वह बार-बार अपने गर्द भरे हाथों को एक नन्हें रूमाल से पोंछ रही थी। कमरे में दाख़िल हो कर मेरे सामने कुर्सी पर बैठ गयी।

मैंने उससे लेटे-लेटे दरियाफ़्त किया। "क्यों कामयाबी हुई क्या?"

उसने थकी हुई आवाज़ में जवाब दिया, "नहीं, मैं अब यहाँ बैठ कर उसका इन्तिज़ार करती हूँ।"

"हाँ, बैठो, मैं ज़रा ऊपर हो आऊँ।"

ये कहकर मैं उठा और ऊपर चला गया।

बालाई मंज़िल की छत पर मैं पन्द्रह-बीस मिनट तक टहलता रहा। चाबी मेरी जेब में थी, इसलिए मुझे मालूम था कि पार्वती किसी सूरत में भी घर से बाहर नहीं जा सकती और ये एहसास मेरे दिल में एक नाक़ाबिल-ए-बयान मसर्रत पैदा कर रहा था। मैदान बिलकुल साफ़ था और मैं इस मौक़े से पूरा-पूरा फ़ायदा उठाना चाहता था। मेरी सबसे बड़ी ख़्वाहिश ये थी कि पार्वती की दूसरों पर हँसने वाली आँखों की चमक एक लम्हे के लिए मन्द पड़ जाये और उसको मालूम हो जाये कि मर्द के पास निस्वानी शरारतों का बहुत कड़ा जवाब मौजूद है।

ये खेल बहुत ख़तरनाक था। क्योंकि इस बात का डर था कि वह पिता जी,

माता जी या बिमला को तमाम बीते हुए वाक़आत सुना देगी। इस सूरत में घर वालों की निगाहों में मेरे वक़ार की तज़लील यक़ीनी थी मगर चूँकि मेरे सिर पर उस दिलचस्प इन्तिक़ाम का भूत सवार था, जो मैंने उस शोख़ लड़की के लिए तजवीज़ किया था। इसलिए कुछ अर्से के लिए ये तमाम चीज़ें मेरी आँखों में ओझल हो गयी थीं। मैं अपने दिल से सवाल करता था कि नतीजा क्या होगा। लेकिन इसका जवाब मेरी पोज़ीशन की सही तस्वीर दिख़ाने की बजाय पार्वती—शिकस्त ख़ुर्दा पार्वती की तस्वीर आँखों के सामने खींच देता था—मैं बेहद मसरूर था।

कुछ अर्सा बालायी मंज़िल पर टहलने के बाद मैं नीचे आया। पार्वती कुर्सी पर बैठी सख़्त इज़तिराब की हालत में अपनी ख़ूबसूरत टाँग हिला रही थी। जिस पर रेशमी साड़ी का कपड़ा इधर-उधर थिरक रहा था।

मैंने कमरे में दाख़िल होते हुए उससे पूछा, "क्यों बिमला मिली?"

"नहीं मैंने एक बार फिर सब कमरों को छान मारा है लेकिन वह ऐसी ग़ायब हुई है जैसे गधे के सिर से सींग।"

मैं मुस्कराया। "चलो हम दोनों मिलकर उसको ढूँढ़ें। तुम इस क़दर घबरा गयी हो, तुम तो बड़ी निडर और बेबाक लड़की हो।"

"घबराने की कोई बात नहीं, लेकिन मुझे बहुत जल्द घर वापस जाना था।" पार्वती के लबों पर एक निहायत ही प्यारा तबस्सुम पैदा हुआ।

हम दोनों एक अर्से तक नीचे सेहन में पलँगों के नीचे, चारपाइयों के पीछे, मेज़ों के इधर-उधर पर्दों को हटा-हटा कर बिमला को तलाश करते रहे, मगर वह घर पर होती तो मिलती। आख़िरकार मैंने ख़ुद को सख़्त मुतअज्जिब जाहिर करते हुए पार्वती से कहा, "हैरत है तुम्हीं बताओ आख़िर बिमला गयी कहाँ?"

पार्वती जो बार-बार झुकने उठने और बैठने से बहुत थक गयी थी, अपनी पेशानी से पसीने के नन्हे-नन्हे क़तरों को पोंछती हुई बोली—

"में क्या जानूँ, ज़मीन खा गयी या भूत-प्रेत उठा कर ले गये। ये आप ही की बहिन की कारस्तानी है। ख़ैर कोई हर्ज की बात नहीं। मैं भी ऐसा सताऊँगी कि उम्र भर याद रखेगी। बिमला हज़ार हो मुझसे उड़ कर कहाँ जायेगी।"

मैं ख़ामोश रहा और इत्मीनान से कुर्सी पर बैठ गया। इस वक़्त हम माता जी के कमरे में थे। पार्वती मेरे सामने टॉयलेट मेज़ के क़रीब खड़ी थी। उसके चेहरे को देख कर ये मालूम होता था कि क़तई तौर पर ख़ाली-उज़-ज़ेहन है। ग़ैर इरादी तौर पर वह बार-बार मेज़ के गोल आईने में अपना चेहरा देख रही थी और टाँगों पर से अपनी साड़ी की शिकनें दुरुस्त कर रही थी। दफ़अतन कमरे के मुकम्मल सुकूत से बाख़बर हो कर वह सख़्त मुज़तरिब हो गयी और मुझसे कहने लगी—

"मोहन साहब मुझे घर जाना है। जितना जल्द जाना चाहती हूँ, उतनी देर होती जाती है। बिमला के अब पर लग गये हैं। शायद मेरे हाथों उसकी शामत आयी है।"

"हाँ, हाँ, मगर मैं क्या कर सकता हूँ। आप जाने और वह इसमें मेरा क्या कुसूर है और अगर आप को सचमुच जल्दी जाना है तो कहिये, मैं आपकी कमर में रस्सी बाँधकर छत से लटका दूँ या कहिये तो ताला तोड़ दूँ? अब आपकी जो राय हो?"

उसने एक लम्हे के लिए सोचा और जवाब दिया, "मजबूरी है ताला तो तोड़ना ही पड़ेगा।"

लेकिन मैंने कुर्सी पर से उठते हुए कहा, "ताला बहुत बड़ा है और उसको तोड़ने के लिए बहुत ही दिक़्क़तें पेश आयेंगी। इसके अलावा हथौड़ों की चोटों की आवाज़ सुन कर लोग क्या कहेंगे?"

ये सुन कर वह संजीदा हो गयी और कुछ देर सोचने के बाद बोली "लेकिन मुझे घर भी तो जाना है। लोग क्या कहेंगे। हम किसी ग़ैर के घर में सेंघ थोड़ी लगा रहे हैं। अपने घर का ताला तोड़ रहे हैं। हय-हय आज मैं किस सामत से आयी थी। अब क्या होगा, मैं किस तरह घर जाऊँ। हाय राम किस बला में फँस गयी।"

मेरा वार ख़ाली गया। दरअसल मैं ये चाहता था कि वह इस माहौल की नज़ाकत से अच्छी तरह आगाह हो जाये जिसमें कि वह इस वक़्त मौजूद थी। चुनांचे मैंने बात को ज़रा वज़ाहत से बयान किया। "माता जी लाहौर गयी हैं। पिता जी बाहर हैं और बिमला गायब है। इस सूरत में..." मैं ये कहते-कहते रुक गया और फिर उस फ़िक़रे को यूँ पूरा कर दिया। "ताला तोड़ना अच्छा मालूम नहीं होता।"

अब की दफ़ा तीर निशाने पर बैठा। पार्वती के सफ़ेद चेहरे पर हल्की सी सुर्ख़ी छा गयी और एक लम्हे के लिए ऐसा मालूम हुआ कि उसके गालों पर गुलाब की पत्तियाँ बिखर गयी हैं। वह अपनी रेशमी साड़ी में सिमटी, काँपी, थर्रायी, पारे की तरह तड़पी और कुछ कहती-कहती ख़ामोश हो गयी। मैंने इस मौक़े से फ़ायदा उठाया और हमदर्दाना लहजे में कहा—

"तुम ख़ुद सोच सकती हो, वैसे मुझे कोई उज्र नहीं।"

वह पेच-ओ-ताब खा कर रह गयी। मैं उसको मुज़्तरिब देख कर मसरूर हो रहा था। कल की चुलबुली, शोख़-ओ-संग और तर्रार लड़की जो बादलों से आँख मिचौली खेलती हुई बिजली की तरह चमका करती थी, आज दिये की लौ बन कर रह गयी थी जो मेरी फूँक के रहम पर थी।

साहिल के पत्थरों से टकरा कर पलटती हुई लहर की तरह उसने अपने आप में नयी ताज़गी पैदा करके कहा, "मेरी तो जान पर बनी हुई है और आप हैं कि चबा-चबा कर बातें किये जा रहे हैं।"

"कौन-सी बात?"

"यही, यही कि लोग क्या कहेंगे?" उसने अपने शर्मीले जज़्बात पर पूरी कुव्वत से क़ाबू पाते हुए कहा। मैं कुर्सी पर बैठ गया और जेर-ए-लब गुनगुनाने लगा।

"माता जी लाहौर गयी हैं, पिता जी बाहर हैं और बिमला गुम है।"

"आप कौन-सी नयी बात बता रहे हैं। ये तो मुझे भी मालूम है। सवाल तो ये है कि बिमला कहाँ है?"

"ऊपर होगी और कहाँ?"

"ऊपर? ऊपर की ख़ूब कही। मैं ऊपर चप्पा-चप्पा ढूँढ़ आयी हूँ।"

"तुम उसे नीचे ढूँढ़ते होगी तो वह दूसरी सीढ़ियों से ऊपर चली जाती होगी। जब तुम ऊपर जाओगी तो वह नीचे आ जायेगी। ये एक बात मेरे ज़ेहन में आती है और..."

"इसका एक एलाज हो सकता है।" पार्वती ने अपने दाहिने गाल पर उँगली से एक निहायत दिलकश गढ़ा बनाते हुए कहा, "मैं ऊपर जाती हूँ और आप ऐसा कीजिये कि दूसरी सीढ़ियों पर खड़े हो जाइये और ज्यों ही वह नीचे उतरे, उसे पकड़ लीजिये।"

"मैंने उसकी तजवीज़ को सुना और कहा," लेकिन शायद वह असल में यहाँ मौजूद ही न हो।

"यहाँ मौजूद न हो।" मेरी बात सुन कर पार्वती का सिर ज़रूर चकरा गया होगा।

"हाँ हो सकता है, इसलिए कि अगर होती तो मिल न जाती?"

"क्या हो सकता है। वह यहाँ न हो तो फिर दरवाज़े को ताला किसने लगाया है। ये कहीं आपकी शरारत तो नहीं, सच कहिये?"

"मुझे क्या मालूम। मेरा ख़याल है कि 'बिमला' अपनी किसी सहेली के यहाँ गयी होगी। ये मैं इसलिए कह रहा हूँ कि वह सुबह अपनी साड़ी इस्त्री कर रही थी।"

"आप क्या कह रहे हैं?" पार्वती की हैरत लहज़ा-ब-लहज़ा बढ़ रही थी। "अगर वह किसी सहेली के यहाँ गयी है तो फिर ताला किसने लगाया है—ये क्या शरारत है?"

"हैरान होने की कोई बात नहीं। मुझे अच्छी तरह याद है कि वह अपनी सहेली ही के यहाँ गयी है। इसलिए कि जाते वक़्त वह सन्तो को हमराह लेती गयी थी, अब मुझे याद आया। बाक़ी रहा मैं, तो आप ही बताइये, मैं आपको क्यों क़ैद करने लगा। पर इतना ज़रूर कहूँगा, बड़ी दिलचस्प मछली जाल में फँसी है।"

"आप क्या कह रहे हैं...तो फिर—तो फिर...ये शरारत..." वह अपने फ़िक़रे को पूरा न कर सकी।

"हाँ ये शरारत मैं भी तो कर सकता हूँ।" मैंने मुस्करा कर जवाब दिया। "या आपका ख़याल है कि मैं इसके अहल नहीं?—शायद मैंने आपसे किसी वक़्त का बदला लिया हो?"

पार्वती की हालत अजीब-ओ-ग़रीब थी। बन्द भाप की तरह वह बाहर निकलने के लिए बेक़रार हो रही थी। उसने मेरी तरफ़ तेज़ निगाहों से देखा। जैसे मेरे सीने

में पार कर जाना चाहती है, लेकिन मैं एक कामयाब ऐक्टर की तरह अपना पार्ट निभा रहा था।

उसने अपनी आँख की पुतलियों को नचाते हुए दरियाफ़्त किया 'लेकिन इस शरारत की वजह?

"मुझे मालूम नहीं।"

वह ख़ामोश हो गयी। फिर यकायक जैसे उसे कुछ याद आ गया। कहने लगी—

"मोहन साहब! मुझे घर जाना है।"

"मुझे मालूम है, पर ये तो बताइये, क्या किसी ने आपका हाथ पकड़ा है?"

"तो दरवाज़ा खोल दीजिये।" ये कहने के बाद उसने कुछ सोचा और कहा, "लेकिन आप किस तरह कह रहे हैं कि ताला आप ने लगाया है। क्या बिमला वाक़ई यहाँ नहीं है?"

"मुझे यक़ीन है कि वह यहाँ नहीं है, इसलिए कि मैं ख़ुद उसे राम गली में छोड़ कर आया हूँ और मैंने इन हाथों से कुफ़्ल लगाया है।" मेरी गुफ़्तगू का अन्दाज़ निहायत मतीन और संजीदा था।

"आप ने कुफ़्ल क्यों लगाया?" पार्वती ने निहायत तेज़ी से दरियाफ़्त किया। "देखा मैं न कहती थी, ये आप ही की कारस्तानी है।"

"क्यों लगाया, इसलिए कि मैंने लगा दिया और मैंने नहीं लगाया। मेरे हाथों ने लगाया है?"

"ये भी कोई बात है?"

मैं कुर्सी पर से उठा और जम्हाई ले कर कहा, "रात को देर तक बाहर रहने से पूरी नींद नहीं कर सका। मेरा ख़याल है अब सोना चाहिए।"

"चाबी दे दीजिये, फिर आप सो सकते हैं। वरना मैं क़यामत-बर्पा कर दूँगी।" पार्वती ने सख़्त इज़्तिराब की हालत में चाबी के लिए अपना हाथ मेरी तरफ़ बढ़ा दिया।

"चाबी—चाबी।" मैंने अपनी क़मीज़ की जेब में हाथ डाल कर कहा, "मगर वह तो गुम हो गयी। न मालूम किसने उड़न छू कर डाली अब क्या होगा?"

ये सुन कर पार्वती ख़ुश्म आलूद हो कर बोली, "गुम हो गयी होगी। यानी आपको पहले से ही मालूम था कि गुम हो जायेगी। मोहन साहब। दाहिने हाथ से चाबी निकाल कर दे दीजिये। ये शरारतें जवान लड़कियों से अच्छी मालूम नहीं होतीं, वरना मेरा नाम पार्वती है। मुझे कोई ऐसी-वैसी लड़की न समझियेगा।"

"चाबी वाक़ई गुम है।" मैंने पहली सी मतानत के साथ जवाब दिया। और तुम्हें इस क़दर तेज़ होने की ज़रूरत नहीं, बेकार तुम मुझ पर इस क़दर गर्म हो रही हो।"

"चाबी गुम कहाँ हुई, मुझे भी तो कुछ मालूम हो?" पार्वती अब हवा से लड़ना

चाहती थी। "आख़िर आप की जेब से कोई जिन्नात ले गया।"

"अगर तुम्हें मालूम हो जाये तो क्या कर लोगी। दरवाज़ा बन्द है और मैंने उसे गली में फेंक दिया है। लो अब साफ़ सुनो मैंने दरवाज़े की दराज़ से देखा कि जब मैंने गली में फेंकी तो कुत्ते ने हड्डी समझ कर मुँह में दबोच ली और निगल गया अब वह कुत्ता ढूँढ़ा जाये, उसका पेट चीरा जाये, तब कहीं मिले।"

ये सुन कर वह झल्ला कर रह गयी और ज़्यादा तेज़ आवाज़ में कहा, "आप को इस शरारत का जवाब देना होगा?"

"किसे?"

"ये बाद में मालूम हो जायेगा।"

मैंने इत्मीनान का साँस लिया और कहा, "तो फिर से बाद की बात है। उस वक़्त देखा जायेगा। अब हमें हाल पर ग़ौर करना है। कुत्ते के पेट में कहीं कुंजी घुल न गयी हो।"

वह ख़ामोश हो गयी और मैं भी चुप हो गया। कमरे पर मुकम्मल सुकूत तारी था। वह टॉयलट मेज़ के क़रीब मुतहय्यर खड़ी थी और ग़ालिबन अपनी बेबसी पर कुढ़ रही थी।

"आप दरवाज़ा नहीं खोलेंगे?" उसने कुछ देर ख़ामोश रहने के बाद कहा, "देखिये मुझे न सताइये, वरना इसका अंजाम अच्छा न होगा।"

"मेरे पास चाबी नहीं, इसलिए मजबूर हूँ। हाँ अलबत्ता शाम को दरवाज़ा खोला जा सकता है इसलिए कि शायद उस वक़्त तक तलाश करने पर मिल जाये।"

"और मैं उस वक़्त तक यहीं क़ैद रहूँगी?"

"नहीं, तुम बड़ी खुशी से सेहन में, कमरों में, कोठों पर जहाँ चाहो कूद सकती हो, गा सकती हो, मुझे कोई, उज्र नहीं।"

"परमात्मा जाने आपको क्या हो गया है।" वह मेरी गुफ़्तगू के अन्दाज़ पर सख़्त हैरत ज़दह थी।

"मैं अच्छा-भला हूँ, लेकिन कभी-कभी तफ़रीह भी तो होनी चाहिए। क्या तुम इसकी कायल नहीं हो। क्या तुम कभी ऐसा तफ़रीह मज़ाक़ नहीं करती।"

"मुझे घर ज़ाना है मोहन साहब!" उसने मेरे सवाल का जवाब दिया।

"तुम बिलकुल सही कह रही हो। तुम्हें घर जाना है घर गया पानी से भर और उसमें बड़े-बड़े कछुओं का डर? लेकिन बताओ मैं क्या कर सकता हूँ?"

"चाबी दे दीजिये। बहुत सता चुके, अब न सताइये।"

"देवी जी, मुझे अफ़सोस है कि वह कमबख़्त नाशुदनी गुम हो गयी है।"

"गुम हो गयी है, गुम हो गयी है, आपने ये क्या रट लगा रखी है। आप चाबी क्यों नहीं देते।"

"मेरे पास नहीं है सरकार, कुत्ते के पेट में है।"

"मोहन साहब! लड़कियों से इस तरह का मज़ाक़ रवा नहीं। कुत्ते का पेट आप की जेब है।"

"अच्छा तो यूँ ही होगा।"

"यूँ ही क्या होगा, चाबी लाइए मैं जाना चाहती हूँ।"

"मैं एक बार नहीं सौ बार कह चुका हूँ कि चाबी मेरे पास नहीं है नहीं है।"

"चाबी आप के पास है, आपके पास है, आपके पास है।"

"मेरे पास नहीं, नहीं, नहीं है।"

"नहीं आप ही के पास है, है, है।" उसने है को सौ मर्तबा दोहराते हुए कहा।

"अच्छा नहीं थी तो है।"

"तो लाइए, जेब से निकालिये।"

"मैं नहीं दूँगा।"

"आपको देनी पड़ेगी।"

"कोई ज़ोर है?"

"मैं चिल्लाना शुरू कर दूँगी।" उसने मुझ पर रोब गाँठा।

"बसद शौक़।" मैंने बड़े इत्मीनान से जवाब दिया। "मगर तुमको ये मालूम होना चाहिए कि नाहक़ अपना गला फाड़ोगी हलक़ थकाओगी—कुछ भी न होगा। पीट के देख लो। मैं झूठ नहीं कहता—इस कमरे में कोई रोशनदान नहीं। दरवाज़े पर जितने पर्दे लटक रहे हैं सब के सब दबीज़ हैं। मुझे बचपन ही में इसका कई मर्तबा तल्ख़ तजरुबा हो चुका है कि यहाँ से बुलन्द से बुलन्द आवाज़ भी बाहर नहीं जा सकती। माता जी एहतियातन मुझे इस कमरे में पीटा करती थीं। मैं इस मार से छुटकारा हासिल करने के लिए ज़ोर-ज़ोर से चिल्लाया करता था कि पिताजी मेरी आवाज़ सुल लें मगर बेसुद—तुम बेकार चिल्लाओगी।"

पार्वती ने मेरी बात सुनी और हारे हुए इंसान की तरह कहा, "लेकिन आप चाबी नहीं देंगे?"

"मुझे अफसोस से कहना पड़ता है कि नहीं।"

"क्यों? इसका सबब?"

"फिर वही महमिल सवाल।"

"आप का मज़ाक़ हद से ज़्यादा बढ़ रहा है।" उसने अपनी साड़ी के गिरते हुए पल्लू को सँभालते हुए कहा, "मैं ये सब मामला हर्फ़-ब-हर्फ़ जैसे का तैसा बिमला को सुना दूँगी।"

"बड़े शौक़ से, मैं आज शाम को देहली जा रहा हूँ। इसके अलावा बेचारी बिमला कर भी क्या सकेगी?"

"वह आपके पिता जी से शिकायत करेगी।"

"मेरी एक ख़श्म आलूद झिड़की उसकी ज़बान बन्द करने के लिए काफ़ी

होगी।"

"तो मैं ख़ुद उन से सब कुछ कह दूँगी।"

"जो दिल में आये कर लेना। इस वक़्त उसके इज़हार की ज़रूरत नहीं है।"

मैंने कहने को तो ये कह दिया मगर दिल में बहुत डरा पिताजी गो नर्म दिल थे। मगर इस क़िस्म की शरारत का हाल सुन कर उनका रंजीदा होना लाज़िम था। बहरहाल मैंने सोच रखा था कि अगर पार्वती ने उनसे कह दिया तो मैं सिर झुका कर उनकी लअन-तअन सुन लूँगा। दरअसल मैं किसी क़ीमत पर भी इस इधर-उधर की चीज़ें कुतर कर झट से अपने बिल में घुस जाने वाली चूहिया को अपने दाम-ए-इन्तिक़ाम से बाहर नहीं निकालना चाहता था।

मुझे ख़ामोश देख कर वह मेरे फ़र्ज़ से आगाह करने की ख़ातिर बोली, "आपको मालूम होना चाहिए कि मुझे घर जाना है। बस दिल लगी हो चुकी। अब कुंजी सीधे मन से निकालिए।"

"तुम नहीं जा सकती हो।"

"ये भी अजीब सिक्खा शाही है।"

"हाँ इस मकान में मेरा राज है और सामने वाले मकान पर तुम्हारा। अपने मकान की छत पर तुम शिवाजी हो और हम तुम्हारी हुकूमत तसलीम करते रहे हैं। तुमने हज़ारों मर्तबा चढ़े हुए पतंगों की कई-कई रील डोर समेत तोड़ ली है और हम ख़ामोश रहे हैं। आज तुम हमारी बादशाहत में हो, इसलिए तुम्हें दम मारने की मजाल न होनी चाहिए।"

"मैंने आपके पतंग कभी नहीं तोड़े आप ग़लत कह रहे हैं।

"तुम झूठ बोल रही हो पार्वती, तुम्हें मालूम होना चाहिए कि इस वक़्त मेरे हाथ बड़े-बड़े इख़्तियारात की बाग़-डोर है। मर्दों से बात-बात पर नोंक-झोंक करना तुम्हारी फ़ितरत में दाख़िल है मगर शायद तुम्हें ये मालूम नहीं कि हम लोग बहुत सख़्तगीर होते हैं। बुरी तरह बदला लेते हैं। समझीं।"

ये सुन कर वह और भी घबरा गयी। "मैं जाती हूँ।"

वह दरवाज़े की तरफ़ बढ़ रही थी कि मैंने दौड़ कर देहलीज में उसका रास्ता रोक लिया "तुम कमरे ही में रहोगी?"

"हटिए, मुझे जाने दीजिये।" उसने मेरे बाज़ू का झटका दिया।

मैं वहीं पर जमा रहा। ये देख कर वह एक क़दम पीछे हट गयी और सख़्त गुस्से की हालत में कहा, "आप ज़बरदस्ती कर रहे हैं।"

"अभी तुमने इस ज़बरदस्ती का निस्फ़ भी नहीं देखा।"

"आप मुझे नहीं जाने देगे?"

"नहीं।"

"मैं रो दूँगी, मोहन साहब मैं सिर पीट लूँगी अपना।" और उसकी आँखों में

वाक़ई टप-टप आँसू गिरने लगे। इसी हालत में वह रोनी आवाज़ में धमकियाँ देती हुई आगे बढ़ी। मुझे धक्का देकर उसने दरवाज़े से बाहर निकलना चाहा। इस कशमकश और परेशानी में मुज़तरिब देख कर मुझे उस पर तरस आ गया और जब वह ताज़ा हमले के लिए आगे बढ़ी तो मैंने बड़े आराम से उसके गीले होंटों को अपने लबों से छू लिया।

मेरे लबों का उसके होंटों को छूना था कि आफ़त-बरपा हो गयी। ये समझिये कि किसी ने आतिशबाज़ी की छछून्दर को आग दिखा दी है। उसने मुझे दो मोटी-मोटी गालियाँ दीं कि तौबा भली और मेरे सीने को अपने हाथों से धड़ाधड़ पीटना शुरू कर दिया लुत्फ़ ये है कि आप रोती जाती थी। आख़िरकार जब मुझे मार-मार कर थक गयी तो ज़मीन पर बैठकर अपने सिर को घुटनों में छुपाकर और भी ज़्यादा ज़ोर से रोना शुरू कर दिया।

निस्फ़ घण्टे की मिन्नत-समाजत के बाद उसने अपनी आँखों से आँसू बहाने बन्द किए। इसके बाद मैंने जेब से चाबी निकाली और सदर दरवाज़ा खोलकर अपने कमरे की तरफ़ जाते हुए कहा, "दरवाज़ा खुला है और आप जा सकती हैं।"

उस रोज़ शाम को मैं देहली चला गया और पन्द्रह रोज़ के बाद वापस आया। चूँकि घर में किसी ने इस शरारत के मुताल्लिक मुझसे इसतिफ़सार न किया। इसलिए मालूम हुआ कि पार्वती ने मेरा चैलेंज कुबूल कर लिया है। ज़ाहिर था कि वह इन्तिक़ाम ज़रूर लेगी।

एक रोज मैंने मेज़ का दराज़ खोल कर अपनी बड़ी तस्वीर निकाली, इसलिए कि मुझे उसका फ्रेम बनवाना था। ये फोटो ख़ाकसतरी रँग के बड़े लिफ़ाफ़े में बन्द था। चुनांचे मैं उसको खोल कर देखे बग़ैर फ्रेम-साज़ के यहाँ ले गया। उसकी दुकान पर मैंने डेढ़ घण्टे के ग़ौर-ओ-फ़िक्र के बाद फ्रेम के लिए एक लकड़ी इन्तिख़ाब की और कुछ हिदायत देने के बाद तस्वीर वाला लिफ़ाफ़ा दुकानदार को दे दिया। उसने जब उसे खोल कर देखा तो खिलखिला कर हँस पड़ा। मैंने जब तस्वीर पर नज़र दौड़ायी तो देखा उस पर स्याह पेंसिल से मूँछें और दाढ़ी बनी हुई है। नाक पर एक स्याह गोल सा रखा है और चश्मे के शीशे बिलकुल स्याह कर दिये गये हैं। ये तस्वीर मेरी शबीह थी मगर इस मस्ख़ हालत में उसको पहचानना बहुत दुश्वार था। पहले-पहल तो मैं बहुत मुतहय्यर हुआ कि ये किस की हरकत है मगर फ़ौरन ही सब मामला साफ़ हो गया—शिवाजी मेरी ग़ैर हाज़िरी में अपनी हमसाया सल्तनत पर निहायत कामयाबी से छापा मार गये थे।

बेगो

"तसल्लियाँ और दिलासे बेकार हैं। लोहे और सोने के ये मुरक्कब मैं छटाँकों फाँक चुका हूँ। कौन-सी दवा है जो मेरे हलक से नहीं उतारी गयी। मैं आपके एख़लाक का ममनून हूँ। मगर डॉक्टर साहब मेरी मौत यक़ीनी है। आप कैसे कह रहे हैं कि मैं दिक़ का मरीज़ नहीं। क्या मैं हर रोज़ ख़ून नहीं थूकता? आप यही कहेंगे कि ये मेरे गले और दाँतों की ख़राबी का नतीजा है। मगर मैं सब कुछ जानता हूँ। मेरे दोनों फेफड़े ख़ाना-ए-जंबूर की तरह मुश्बक हो चुके हैं। आपके इंजेक्शन मुझे दोबारा ज़िन्दगी नहीं बख़्श सकते। देखिये मैं इस वक़्त आपसे बातें कर रहा हूँ मगर सीने पर एक वज़नी इंजन दौड़ता हुआ महसूस कर रहा हूँ। मालूम होता है कि मैं एक तारीक गढ़े में उतर रहा हूँ—क़ब्र भी तो एक तारीक गढ़ा है। आप मेरी तरफ़ इस तरह न देखिए डॉक्टर साहब, मुझे इस चीज़ का कामिल एहसास है कि आप अपने अस्पताल में किसी मरीज़ का मरना पसन्द नहीं करते मगर जो चीज़ अटल है वो हो के रहेगी। आप ऐसा कीजिये कि मुझे यहाँ से रुख़्सत कर दीजिये। मेरी टाँगों में तीन-चार मील चलने की कुव्वत अभी बाक़ी है। किसी क़रीब के गाँव में चला जाऊँगा और—मगर मैं तो रो रहा हूँ। नहीं, नहीं, डॉक्टर साहब आप यक़ीन कीजिये मैं मौत से ख़ायफ़ नहीं। ये मेरे जज़्बात हैं, जो आँसुओं की शक्ल में बाहर निकल रहे हैं। आह! आप क्या जाने इस मदकूक सीने से क्या कुछ बाहर निकलने को मचल रहा है। मैं अपने अंजाम से बाख़बर हूँ आज से पाँच बरस पहले भी मैं इस बहशत नाक अंजाम से बाख़बर था। जानता था और अच्छी तरह जानता था कि कुछ अर्से के बाद मेरी ज़िन्दगी की डोरी ख़त्म हो जायेगी। मैंने इस गेंद को जिसे आप ज़िन्दगी के नाम से पुकारते हैं, ख़ुद अपने पाँव पर कुल्हाड़ी मार कर काटा है। इसमें किसी का कोई कुसूर नहीं। वाक़अ ये है कि मैं इस खेल में लज़्ज़त महसूस कर रहा हूँ। लज़्ज़त—हाँ लज़्ज़त—मैंने अपनी ज़िन्दगी की कई रातें हुस्न फ़रोश औरतों के तारीक अड्डों पर गुज़ारी हैं। शराब के नशे में चूर मैंने किस बेदर्दी से ख़ुद को इस हालत पर पहुँचाया। मुझे याद है इन्हीं अड्डों की स्याह-पेशा औरत ...क्या नाम था उसका?—हाँ गुलज़ार, मुझे इस बुरी तरह अपनी जवानी को कीचड़

में लथपथ करते देख कर मुझसे हमदर्दी करने लग गयी थी। बेवकूफ़ औरत उसको क्या बताता कि मैं उस कीचड़ में किस का अक्स देखने की कोशिश कर रहा था। मुझे गुलज़ार और उसकी दीगर हम-पेशा औरतों से नफ़रत थी और अब भी है, लेकिन क्या आप मरीज़ों को ज़हर नहीं खिलाते अगर उससे अच्छे नतायज की उम्मीद हो। मेरे दर्द की दवा की तारीक ज़िन्दगी थी। मैंने बड़ी कोशिशों और मुसीबतों के बाद इस अंजाम को बुलाया है। जिसकी रूदाद आपने मेरे सिरहाने एक तख़्ती पर लिख कर लटका रखी है। मैंने उसके इन्तिज़ार में एक-एक घड़ी किस बेताबी से काटी है। आहा कुछ न पूछिए, लेकिन अब मुझे दिली तसकीन हासिल हो चुकी है। मेरी ज़िन्दगी का मक़सद पूरा हो गया है। मैं दिक़ और सिल का मरीज़ हूँ। इस मर्ज़ ने मुझे खोखला कर दिया है—आप हक़ीक़त का इज़हार क्यों नहीं कर देते। बख़ुदा इससे मुझे और तसकीन हासिल होगी। मेरी आख़री साँस आराम से निकलेगी—हाँ डॉक्टर साहब ये तो बताइये, क्या आख़री लम्हात वाक़ई तकलीफ़देह होते हैं? मैं चाहता हूँ? मेरी जान आराम से निकले। आज मैं वाक़ई बच्चों की-सी बातें कर रहा हूँ। आप अपने दिल में यक़ीनन मुस्कराते होंगे कि मैं आज मामूल से बहुत ज़्यादा बातूनी हो गया हूँ—दिया जब बुझने के क़रीब होता है तो रोशनी तेज़ हो जाया करती है। क्या मैं झूठ कह रहा हूँ?—आप तो बोलते ही नहीं और मैं हूँ कि बोले जा रहा हूँ। हाँ-हाँ, बैठिये। मेरा जी चाहता है आज किसी से बातें किये जाऊँ। आप न आते तो ख़ुदा मालूम मेरी क्या हालत होती—आपका सफ़ेद सूट आँखों को किस क़दर भला मालूम हो रहा है। कफ़न भी इसी तरह साफ़-सुथरा होता है। फिर आप मेरी तरफ़ इस तरह क्यों देख रहे हैं। आपको क्या मालूम कि मैं मरने के लिए किस क़दर बेताब हूँ। अगर मरने वालों को ख़ुद कफ़न पहिनना हो तो आप देखते मैं उसको कितनी जल्दी अपने गिर्द लपेट लेता। मैं कुछ अर्सा और जिन्दा रह कर क्या करूँगा? जबकि वह मर चुकी है। मेरा ज़िन्दा रहना फुजूल है। मैंने इस मौत को बहुत मुश्किलों के बाद अपनी तरफ़ आमादा किया है और अब मैं इस मौक़े को हाथ से जाने नहीं दे सकता। वह मर चुकी है और अब मैं भी मर रहा हूँ। मैंने अपनी संगदिली—वह मुझे संगदिल के नाम से पुकारा करती थी, की क़ीमत अदा कर दी है और ख़ुदा गवाह है कि उसका कोई सिक्का भी खोटा नहीं। मैं पाँच साल तक उनको परखता रहा हूँ। मेरी उम्र इस वक़्त पच्चीस बरस की है। आज से ठीक सात बरस पहले मेरी उससे मुलाक़ात हुई थी। आह इन सात बरसों की रूदाद कितनी हैरत अफ़ज़ा है। अगर कोई शख़्स इसकी तफसील काग़ज़ों पर फैलावे तो इंसानी दिलों की दास्तानों में कैसा दिलचस्प इज़ाफ़ा हो। दुनिया एक ऐसे दिल की धड़कन से आशना होगी, जिसने अपनी ग़लती की क़ीमत ख़ून की उन थूकों में अदा की है जिन्हें आप हर रोज़ जलाते रहते हैं कि उनके जरासीम दूसरों तक न पहुँचें—आप मेरी बकवास सुनते-सुनते क्या तंग तो नहीं आ गये। खुदा मालूम क्या-क्या कुछ

बकता रहा हूँ। तकल्लुफ़ से काम न लीजिये। आप वाक़ई कुछ नहीं समझ सकते। मैं ख़ुद कुछ नहीं समझ सका। सिर्फ़ इतना जानता हूँ कि बटोत से वापस आकर मेरे दिल-ओ-दिमाग़ का हर जोड़ हिल गया था। अब यानी आज जबकि मेरे जुनून का दौरा ख़त्म हो चुका है और मौत को चन्द क़दम के फ़ासले पर देख रहा हूँ। मुझे यूँ महसूस होता है कि वो वज़न जो मेरी छाती को दाबे हुए था हल्का हो गया है और मैं फिर ज़िन्दा हो रहा हूँ। मौत में ज़िन्दगी—कैसी दिलचस्प चीज़ है। आज मेरे ज़ेहन से धुन्ध के तमाम बादल उठ गये हैं। मैं हर चीज़ को रोशनी में देख रहा हूँ। सात बरस पहले के तमाम वाक़आत इस वक़्त मेरी नज़रों के सामने हैं। देखिए—मैं लाहौर से गर्मियाँ गुज़ारने के लिए कश्मीर की तैयारियाँ कर रहा हूँ। सूट सिलवाये जा रहे हैं। बूट डिब्बों में बन्द किये जा रहे हैं। होल्डाल और ट्रंक कपड़ों से पुर किए जा रहे हैं। मैं रात की गाड़ी से जम्मू रवाना होता हूँ। 'शमीम' मेरे साथ है। गाड़ी के डिब्बे में बैठकर हम अर्सा तक बातें करते रहते हैं। गाड़ी चलती है, शमीम चला जाता है, मैं सो जाता हूँ। दिमाग़ हर क़िस्म की फ़िक्र से आज़ाद है। सुबह जम्मू के स्टेशन पर जागता हूँ। कश्मीर की हसीन वादी की होने वाली सैर के ख़यालात में मगन लारी पर सवार होता हूँ। बटोत से एक मील के फ़ासले पर लारी का पहिया पंचर हो जाता है। शाम का वक़्त है इसलिए रात बटोत के एक होटल में काटनी पड़ती है। उस होटल का कमरा मुझे बेहद ग़लीज़ मालूम होता है मगर क्या मालूम था कि मुझे वहाँ पूरे दो महीने रहना पड़ेगा। सुबह-सबेरे उठता हूँ तो मालूम होता है कि लारी के इंजन का एक पुर्जा भी ख़राब हो गया है। इसलिए मजबूरन एक दिन और बटोत में ठहरना पड़ेगा। ये सुन कर मेरी तबियत किस क़दर अफ़सुर्दा हो गयी थी। इस अफ़सुर्दगी को दूर करने के लिए...मैं उस रोज़ शाम को सैर के लिए निकलता हूँ। चीड़ के दरख़्तों का तनफ़्फ़ुस, जंगली परिन्दों की नग़मा-सराइयों, सेब के लदे हुए दरख़्तों का हुस्न और गुरूब होते हुए सूरज का दिलकश समां। लारी वाले की बेएहतियाती और रंग में भंग डालने वाली तक़दीर की गुस्ताख़ी का रंज अफ़ज़ा ख्याल महब कर देता है। मैं नेचर के मसर्रत अफ़ज़ा मनाज़िर से लुत्फ़ अन्दोज़ होता सड़क के एक मोड़ पर पहुँचता हूँ—दफ़अतन मेरी निगाहें उससे दो चार होती हैं। बेगू मुझसे बीस क़दम के फ़ासले पर अपनी भैंस के साथ खड़ी है—जिस दास्तान का अंजाम इस वक़्त आपके पेश-ए-नज़र है उसका आग़ाज यहीं से होता है।

वह जवान थी। उसकी जवानी पर बटोत की फ़ज़ा पूरी शिद्दत के साथ जलुवागर थी। सब्ज़ लिबास में मलबूस वह सड़क के दरमियान मकई का एक दराज़ क़द बूटा मालूम हो रही थी। चेहरे के ताबे ऐसे ताबा रंग पर उसकी आँखों की चमक ने एक अजीब कैफ़ियत पैदा कर दी थी जो चश्मे के पानी की तरह साफ़ और शफ़्फ़ाक थीं—मैं उसको कितना अर्सा देखता रहा, ये मुझे मालूम नहीं। लेकिन इतना

याद है कि मैंने दफ़अतन अपना सीना मौसीक़ी से लबरेज पाया और फिर मैं मुस्करा दिया। उसकी बहकी हुई निगाहों की तवज्जह भैंस से हटकर मेरे तबस्सुम से टकराई। मैं घबरा गया। उसने एक तजस्सुस से मेरी तरफ़ देखा, जैसे वह किसी भूले हुए ख़्वाब को याद कर रही है। फिर उसने अपनी छड़ी को दाँतों में दबाकर कुछ सोचा और मुस्करा दी। उसका सीना चश्मे के पानी की तरह धड़क रहा था। मेरा दिल भी मेरे पहलू में अँगड़ाइयाँ ले रहा था—आह ये पहली मुलाक़ात किस क़दर लज़ीज़ थी। उसका जायका अभी तक मेरे जिस्म की हर रंग में अभी तक मौजूद है—वह चली गयी—मैं उसको आँखों से ओझल होते देखता रहा। वह इस अन्दाज़ से चल रही थी जैसे कुछ याद कर रही है। कुछ याद करती है मगर फिर भूल जाती है। उसने जाते हुए पाँच-छह बार मेरी तरफ़ मुड़कर देखा, लेकिन फ़ौरन ही सिर फेर लिया। जब वह अपने घर में दाख़िल हो गयी, जो सड़क के नीचे मकई के छोटे से खेत के साथ बना हुआ था। मैं अपनी तरफ़ मुतवज्जह हुआ। मैं उसकी मुहब्बत में गिरफ़्तार हो चुका था, इस ऐहसास ने मुझे सख़्त मुतहय्यर किया। मेरी उम्र उस वक़्त अठारह साल की थी। कॉलेज में अपने हमजमात तलबा की ज़बानी मैं मुहब्बत के मुताल्लिक़ बहुत कुछ सुन चुका था। इश्क़िया दास्तानें भी अक्सर मेरे जेर-ए-मुतालअ रही थीं मगर मुहब्बत के हक़ीक़ी मआनी मेरी नज़रों से पोशीदा थे। उसके जाने के बाद जब मैंने एक नाक़ाबिल-ए-बयान तल्ख़ी अपने दिल की धड़कनों में हल होती हुई महसूस की तो मैंने ख़याल किया कि शायद इसी का नाम मुहब्बत है—ये मुहब्बत ही थी—औरत से मुहब्बत करने का पहला मक़सद ये होता है कि वह मर्द की हो जाये यानी वह उससे शादी कर ले और आराम से अपनी बक़ाया ज़िन्दगी गुज़ार दे। शादी के बाद ये मुहब्बत करवट बदलती है फिर मर्द अपनी महबूबा के कन्धों पर एक घर तामीर करता है। मैंने जब बेगू से अपने दिल को वाबस्ता होते महसूस किया तो फ़ितरी तौर पर मेरे दिल मैं उस रफ़ीका-ए-हयात का ख़याल पैदा हुआ, जिसके मुताल्लिक़ मैं अपने कमरे की चारदीवारी में कई ख़्वाब देख चुका था। इस ख़याल के आते ही मेरे दिल से ये सदा उठी। देखो सईद ये लड़की ही तुम्हारे ख़्वाबों की परी है। "चुनांचे मैं तमाम वाक़ये पर ग़ौर करता हुआ होटल वापस आया और एक माह के लिए होटल का वह कमरा किराये पर उठा लिया जो मुझे बेहद गलीज महसूस हुआ था। मुझे अच्छी तरह याद है कि होटल का मालिक मेरे इस इरादे को सुन कर बहुत मुतहय्यर हुआ था। इसलिए कि मैं सुबह उसकी गलाज़त पसन्दी पर एक तवील लेक्चर दे चुका था। दास्तान कितनी तवील होती जा रही है। मगर मुझे मालूम है कि आप इसे ग़ौर से सुन रहे हैं—हाँ-हाँ, आप सिगरेट सुलगा सकते हैं। मेरे गले में आज खाँसी के आसार महसूस नहीं होते। आपकी डिबिया देख कर मेरे ज़ेहन में एक और वाक़आ की याद ताज़ा हो गयी है। बेगू भी सिगरेट पिया करती थी। मैंने कई बार उसे गोल्ड फ्लैक की ये डिब्बियाँ ला करदी थीं। वह बड़े शौक़ से उनको

मुँह में दबाकर धुएँ के बादल उड़ाया करती थी। धुआँ—मैं उस नीले-नीले धुएँ को अब भी देख रहा हूँ, जो उसके गीले होंटों पर रक़्स किया करता था—हाँ, तो दूसरे रोज़ मैं शाम को उसी वक़्त उधर सैर को गया, जहाँ मुझे वह सड़क पर मिली थी। देर तक सड़क के एक किनारे पत्थरों की दीवार पर बैठा रहा। मगर वह नज़र न आयी—उठा और टहलता-टहलता आगे निकल गया। सड़क के दायें हाथ ढ़लवान थी जिस पर चीड़ के पेड़ उगे हुए थे। बायें हाथ बड़े-बड़े पत्थरों के कटे-फटे सिर उभर रहे थे। उन पर जमी हुई मिट्‌टी के ढेलों में घास उगी हुई थी। हवा ठण्डी और तेज़ थी। चीड़ के धागेनुमा पत्तों की सरसराहट कानों को बहुत भली मालूम होती थी। जब मोड़ मुड़ा तो दफ़अतन मेरी निगाहें सामने उठीं। मुझसे सौ क़दम के फ़ासले पर वह अपनी भैंस को संगीन हौज़ से पानी पिला रही थी। मैं क़रीब पहुँचा मगर उसको नज़र भर कर देखने की जुर्रत न कर सका और आगे निकल गया। जब वापस मुड़ा तो वह घर जा चुकी थी। अब हर रोज़ उस तरफ़ सैर को जाना मेरा मामूल हो गया। मगर बीस रोज़ तक मैं उससे मुलाक़ात न कर सका। मैंने कई बार बावली पर पानी पीते वक़्त उससे हम-कलाम होने का इरादा किया मगर जबान गुंग हो गयी। कुछ बोल न सका। क़रीबन हर रोज मैं उसको देखता। मगर रात को जब मैं तसव्वुर में उसकी शक्ल देखना चाहता तो एक धुन्ध सी छा जाती। ये अजीब बात है कि मैं उसकी शक्ल को इसके बावजूद कि उसे हर रोज़ देखता था, भूल जाता था। बीस दिनों के बाद एक रोज चार बजे के क़रीब जबकि मैं एक बावली के ऊपर चीड़ के साये में लेटा था। वह एक ख़ुर्द साल लड़के को ले कर ऊपर चढ़ी। उसको अपनी तरफ़ आता देख कर मैं सख़्त घबरा गया। दिल में यही आयी कि वहाँ से भाग जाऊँ, लेकिन उसकी सकत भी न रही। वह मेरी तरफ़ देखे बग़ैर आगे निकल गयी। चूँकि उसके क़दम तेज थे। इसलिए लड़का पीछे रह गया। मैं उठकर बैठ गया। उसकी पीठ मेरी तरफ़ थी। दफ़अतन लड़के ने एक चीख़ मारी और चश्म-ए-ज़दन में चीड़ के खुश्क पत्तों पर से फिसल कर नीचे आ रहा। मैं फ़ौरन उठा और भाग कर उसे अपने बाजुओं में थाम लिया। चीख़ सुन कर वह मुड़ी और दौड़ने के लिए बढ़े हुए क़दम रोक कर आहिस्ता-आहिस्ता मेरी तरफ़ आयी। अपनी जवान आँखों से मुझे देखा और लड़के से ये कहा, "ख़ुदा जाने तुम क्यों गिर-गिर पड़ते हो?"

मैंने गुफ़्तगू शुरू करने का एक मौक़ा पाकर उससे कहा, "बच्चा है, इसकी उँगली पकड़ लीजिये। इन पत्तों ने ख़ुद मुझे कई बार औंधे मुँह गिरा दिया है।"

ये सुन कर वह खिलखिला कर हँस पड़ी। "आपके हैट ने तो ख़ूब लुढ़कनियाँ खायी होंगी।"

"आप हँसती क्यों हैं? किसी को गिरते देख कर आपकी तबियत इतनी शाद क्यों होती है और जो किसी रोज़ आप गिर पड़ीं तो—वह घड़ा जो हर रोज़ भर कर

शाम के वक़्त आप घर ले जाती हैं किस बुरी तरह ज़मीन पर गिर कर टुकड़े-टुकड़े हो जायेगा।"

"मैं नहीं गिर सकती--"ये कहते हुए उसने दफ़अतन नीचे बावली की तरफ़ देखा। उसकी भैंस नाले पर बँधे हुए पुल की तरफ़ ख़रामाँ-ख़रामाँ जा रही थी। ये देख कर उसने अपने हलक़ से एक अजीब क़िस्म की आवाज़ निकाली उसकी गूँज अभी तक मेरे कानों में महफ़ूज़ है। किस क़दर जवान थी यह आवाज़ उसने बढ़कर लड़के को कन्धे पर उठा लिया और भैंस को "ए छल्लां, ए छल्लां" के नाम से पुकारती हुई चश्म-ए-ज़दन में नीचे उतर गयी। भैंस को वापस मोड़कर उसने मेरी तरफ़ देखा और घर को चल दी--इस मुलाक़ात के बाद उससे हम-कलाम होने की झिझक दूर हो गयी। हर रोज़ शाम के वक़्त बावली पर या चीड़ के पेड़ों तले मैं उससे कोई-न-कोई बात शुरू कर देता। शुरू-शुरू में हमारी गुफ़्तगू का मौज़ूअ भैंस था। फिर मैंने उससे उसका नाम दरियाफ़्त किया और उसने मेरा। इसके बाद गुफ़्तगू का रुख़ असल मतलब की तरफ़ आ गया। एक रोज़ दोपहर के वक़्त जब वह नाले में एक बड़े से पत्थर पर बैठी अपने कपड़े धो रही थी, मैं उसके पास बैठ गया। मुझे किसी ख़ास बात का इज़हार करने पर तैयार देख कर उसने जंगली बिल्ली की तरह मेरी तरफ़ घूर कर देखा और ज़ोर-ज़ोर से अपनी शलवार को पत्थर पर झटकते हुए कहा।

"आप कश्मीर कब जा रहे हैं। यहाँ बटोत में क्या धरा है जो आप यहाँ ठहरे हुए हैं।"

ये सुन कर मैंने मुसतफ़सिराना निगाहों से उसकी तरफ़ देखा, गोया मैं उसके सवाल का जवाब ख़ुद उसकी ज़बान से चाहता हूँ। उसने निगाहें नीची कर लीं और मुस्कराते हुए कहा, "आप सैर करने के लिए आये हैं। मैंने सुना है कश्मीर में बहुत से बाग हैं। आप वहाँ क्यों नहीं चले जाते?"

मौक़ा अच्छा था। चुनांचे मैंने दिल के तमाम दरवाज़े खोल दिये। वह मेरे जज़्बात के बहते हुए धारे का शोर ख़ामोशी से सुनती रही। मेरी आवाज़ नाले के पानी की गुनगुनाहट में, जो नन्हे-नन्हें संगरेज़ों से खेलता हुआ बह रहा था, डूब-डूब कर उभर रही थी। हमारे सिरों के ऊपर अख़रोट के घरे दरख़्त में चिड़ियाँ चहचहा रही थीं। हवा इस क़दर तेज़ और लतीफ़ थी कि उसका हर झोंका बदन पर खुशगवार कँपकँपी तारी कर देता था। मैं उससे पूरा एक घण्टा गुफ़्तगू करता रहा। उससे साफ़ लफ़्ज़ों में कह दिया कि मैं उससे मुहब्बत करता हूँ और शादी का ख़्वाहिशमन्द हूँ। ये सुन कर वह बिलकुल मुतहय्यर न हुई। लेकिन उसकी निगाहें जो दूर पहाड़ियों की स्याही और आसमान की नीलाहट को आपस में मिलता हुआ देख रही थीं, इस बात की मज़हर थीं कि वह किसी गहरे ख़याल में मुसतग़रक है। कुछ अर्सा ख़ामोश रहने के बाद उसने मेरे इसरार पर सिर्फ़ इतना जवाब दिया।

"अच्छा आप कश्मीर न जायें।"

ये जवाब इख़्तिसार के बावजूद हौसला अफ़ज़ा था—इस मुलाक़ात के बाद हम दोनों बेतकल्लुफ़ हो गये। अब पहला सा हिजाब न रहा। हम घण्टों एक दूसरे के साथ बातें करते रहते। एक रोज़ मैंने उससे निशानी के तौर पर कुछ माँगा तो उसने बड़े भोले अन्दाज़ से अपने सिर के दो क्लिप उतार कर मेरी हथेली पर रख दिये और मुस्करा कर कहा, "मेरे पास यही कुछ है। ये क्लिप मेरे पास अभी तक महफ़ूज़ हैं। ख़ैर कुछ दिनों तूल-तवील गुफ़्तगूओं के बाद मैंने उसकी जबान से ये कहलवा लिया कि वह मुझसे शादी करने पर रज़ामन्द है। मुझे अच्छी तरह याद है कि जब उस रोज़ शाम को उसने अपने घड़े को सिर पर सँभालते हुए अपनी रज़ामन्दी का इजहार इन अल्फ़ाज़ में किया था कि "हाँ, मैं चाहती हूँ।" तो मेरी मसर्रत की कोई इन्तिहा न रही थी। मुझे ये भी याद है कि होटल को वापस आते हुए मैंने कुछ गाया भी था। इस पुर मसर्रत शाम के चौथे रोज़ जबकि मैं आने वाली साअत-ए-सईद के ख़्वाब देख रहा था। यकायक उस मकान की तमाम दीवारें गिर पड़ीं। जिनको मैंने बड़े प्यार से उस्तवार किया था। बिस्तर में पड़ा था कि सुबह सियालकोट के एक साहब जो बग़र्ज़ तबदीली आब-ओ-हवा बटोत में क़याम पिज़ीर थे और एक हद तक बेगू से मेरी मुहब्बत को जानते थे। मेरी चारपाई पर बैठ गये और निहायत ही मुतफ़क्किराना लहज़े में कहने लगे।

"वज़ीर बेगम से आपकी मुलाक़ातों का ज़िक्र आज बटोत के हर बच्चे की ज़बान पर है। मैं वज़ीर बेगम के कैरेक्टर से एक हद तक वाक़िफ़ था। इसलिए कि सियालकोट में उस लड़की के मुताल्लिक़ बहुत कुछ सुन चुका हूँ, मगर यहाँ बटोत में इसकी तसदीक़ हो गयी है। एक हफ़्ता पहले यहाँ का क़साई उसके मुताल्लिक़ एक तबील हिकायत सुना रहा था। परसों पान वाला मुताल्लिक़ एक तवील हिकायत सुना रहा था। परसों पान वाला आपसे हमदर्दी का इज़हार कर रहा था कि आप इस्मत बाख़्ता लड़की के दाम में फँस गये हैं। कल शाम को एक और साहब कह रहे थे कि आप एक टूटी हुई हण्डिया ख़रीद रहे हैं। मैंने ये भी सुना है कि बाज़ लोग उससे आपकी गुफ़्तगू पसन्द नहीं करते इसलिए कि जब से आप बटोत में आये हैं वह उनकी नज़रों से ओझल हो गयी है। मैंने आपसे हक़ीक़त का इज़हार कर दिया है। अब आप बेहतर सोच सकते है।

इस्मत बाख़्ता लड़की, टूटी हुई हण्डिया, लोग उससे मेरी गुफ़्तगू को पसन्द नहीं करते। मुझे अपनी समाअत पर यक़ीन न आता था। बेगू और...इसका ख़याल ही नहीं किया जा सकता था। मगर जब दूसरे रोज़ मुझे होटल वाले ने निहायत ही राज़-दाराना लहजे में चन्द बातें कहीं तो मेरी आँखों के सामने तारीक धुन्ध-सी छा गयी। "बाबू जी आप बटोत में सैर के लिए आये हैं। मगर मैं देखता हूँ कि आप यहाँ की एक हुस्न-फ़रोश लड़की की मुहब्बत में गिरफ़्तार हैं। उसका ख़याल अपने

दिल से निकाल दीजिये। मेरा उस लड़की के घर आना-जाना है। मुझे ये भी मालूम हुआ है कि आपने उसको कुछ कपड़े भी ख़रीद दिये हैं। आपने यक़ीनन और भी क़ई रुपये ख़र्च किये होंगे। माफ़ कीजिये। मगर यह सरासर हिमाक़त है। मैं आपसे ये बातें हर्गिज़ न करता। क्योंकि यहाँ बीसियों ऐश-पसन्द मुसाफ़िर आते हैं, मगर आपका दिल उन स्याहियों से पाक नज़र आता है। आप बटोत से चले जायें। इस कुमाश की लड़की से गुफ़्तगू करना अपनी इज़्ज़त को ख़तरे में डालना है।" ज़ाहिर है कि इन बातों ने मुझे बेहद अफ़सुर्दा बना दिया है। वह मुझसे सिगरेट, मिठाई और इसी क़िस्म की दूसरी मामूली चीज़ें तलब किया करती थी और मैं बड़े शौक़ और मुहब्बत से उसकी ये ख़्वाहिश पूरी किया करता था। इसमें एक ख़ास लुत्फ़ था मगर अब होटल वाले की बात ने मेरे ज़ेहन में मुहीब ख़यालात का एक तलातुम बरपा कर दिया। गुज़श्ता मुलाक़ातों के जितने नुकूश मेरे दिल-ओ-दिमाग़ में महफ़ूज़ थे और जिन्हें मैं हर रोज़ बड़े प्यार से अपने तसव्वुर में ला करएक ख़ास क़िस्म की मिठास महसूस किया करता था दफ़अतन तारीक शक्ल इख़्तियार कर गये। मुझे उसके नाम ही से उफूनत आने लगी। मैंने अपने जज़्बात पर क़ाबू पाने की बहुत ही कोशिश की मगर बेसूद। मेरा दिल जो एक कॉलेज के तालिब इल्म के सीने में धड़कता था, अपने ख़्वाबों की यह बुरी और भयानक ताबीर देख कर चिल्ला उठा। उसकी बातें जो कुछ अर्सा पहले मुझे बहुत भली मालूम होती थीं, रियाकारी में डूबी हुई मालूम होने लगीं—मैंने गुज़श्ता वाक़आत, बेगू की नक़्ल-ओ-हरकत उसकी हर जुम्बिश और अपने गिर्द-ओ-पेश के माहौल को पेश-ए-नज़र रखकर अमीक मुतालअ किया तो तमाम चीज़ें रोशन हो गयीं। उसका हर शाम को एक मरीज़ के यहाँ दूध ले कर जाना और वहाँ एक अर्सा तक बैठी रहना। बावली पर हर कस-ओ-नाकस से बेबाकाना गुफ़्तगू, दुपट्टे के बग़ैर एक पत्थर से दूसरे पर उछल कूद। अपनी हम-उम्र लड़कियों से कहीं ज़्यादा शोख़ी और आज़ाद-रवी—"वह यक़ीनन इस्मत बाख़्ता लड़की है।" मैंने ये राय मुरतिब तो कर ली, मगर आँसुओं से मेरी आँखें गीली हो गयीं। ख़ूब रोया, मगर दिल का बोझ हल्का न हुआ। मैं चाहता था कि एक बार और आख़री बार उससे मिलूँ और उसके मुँह पर अपने तमाम गुस्से को थूक दूँ। यही सूरत थी जिससे मुझे कुछ सुकून हासिल हो सकता था। चुनांचे मैं शाम को बावली की तरफ़ गया। वह पगडण्डी पर अनार की झाड़ियों के पीछे बैठी मेरा इन्तिज़ार कर रही थी। उसको देख कर मेरा दिल किस क़दर कुढ़ा। मेरा हलक उस रोज़ की तल्ख़ी कभी फ़रामोश नहीं कर सकता। उसके क़रीब पहुँचा और पास ही एक पत्थर पर बैठ गया। छल्लां, उसकी भैंस और उसका बछड़ा चन्द ग़ज़ों के फ़ासले पर बैठे जुगाली कर रहे थे। मैंने गुफ़्तगू का आग़ाज करना चाहा, मगर कुछ कह न सका। गुस्से और अफ़सुर्दगी ने मेरी जबान पर कुफ़्ल लगा दिया। मुझे ख़ामोश देख कर उसकी आँखों की चमक मंद पड़ गयी, जैसे चश्मे के पानी में किसी ने अपने

मिट्टी भरे हाथ धो दिये हैं। फिर वह मुस्करायी। ये मुस्कराहट मुझे किसी क़दर मसनूई और फीकी मालूम हुई। मैंने सिर झुका लिया और संगरेज़ों से खेलना शुरू कर दिया था। शायद मेरा रंग ज़र्द पड़ गया था। उसने ग़ौर से मेरी तरफ़ देखा और कहा, "आप बीमार हैं?"

उसका ये कहना था कि मैं बरस पड़ा। "हाँ बीमार हूँ और ये बीमारी तुम्हारी दी हुई है। तुम्हें मैंने ये रोग लगाया है। बेगू। मैं तुम्हारे चाल-चलन की सब कहानी सुन चुका हूँ और तुम्हारे सारे हालात से बाख़बर हूँ।"

मेरी चुभती हुई बातें सुन कर और बदले हुए तेवर देख कर वह भौचक-सी रह गयी और कहने लगी, "अच्छा तो मैं अच्छी लड़की नहीं हूँ। आपको मेरे चाल-चलन के मुताल्लिक़ सब कुछ मालूम हो चुका है। मेरी समझ में नहीं आता कि ये आप कैसी बहकी-बहकी बातें कर रहे हैं।"

मैं चिल्लाया। गोया तुम को मालूम ही नहीं। ज़रा अपने गरेबान में मुँह डाल कर देखो तो अपनी स्याहकारियों का सारा नक़्शा तुम्हारी आँखों तले घूम जायेगा। "मैं तैश में आ गया।" कितनी भोली बनती हो जैसे कुछ जानती ही नहीं। परों पर पानी ही नहीं पड़ने देतीं। मैं क्या कह रहा हूँ। भला तुम क्या समझो। जाओ-जाओ 'बेगू' तुमने मुझे सख़्त दुख पहुँचाया है।"

ये कहते-कहते मेरी आँखों में आँसू डबडबा आये।

वह भी सख़्त मुज़तरिब हो गयी और जल कर बोल उठी, "आख़िर मैं भी तो सुनूँ कि आपने मेरे बारे में क्या-क्या सुना है। पर आप तो रो रहे हैं।"

"हाँ रो रहा हूँ। इसलिए कि तुम्हारे अफ़आल ही इतने स्याह हैं कि उन पर मातम किया जाये। तुम पाकबाज़ों की क़द्र क्या जानो। अपना जिस्म बेचने वाली लड़की मुहब्बत क्या जाने। तुम सिर्फ़ इतना जानती हो कि कोई मर्द आये और तुम्हें अपनी छाती से भींचकर चूमना-चाटना शुरू कर दे और जब सैर हो जाये तो अपनी राह ले। क्या यही तुम्हारी ज़िन्दगी है।"

मैं गुस्से की शिद्दत से दीवाना हो गया था। जब उसने मेरी ज़बान से इस क़िस्म के सख़्त कलमात सुने तो उसने ऐसा ज़ाहिर किया जैसे उसकी नज़र में ये सब गुफ़्तगू एक मुअम्मा है। उस वक़्त तैश की हालत में मैंने उसकी हैरत को नुमायशी ख़याल किया और एक कहकहा लगाते हुए कहा, "जाओ! मेरी नज़रों से दूर हो जाओ। तुम नापाक हो।"

ये सुन कर उसने डरी हुई आवाज़ में सिर्फ़ इतना कहा, "आप को क्या हो गया है?"

"मुझे क्या हो गया है—क्या हो गया है।" मैं फिर बरस पड़ा "अपनी ज़िन्दगी की स्याहकारियों पर नज़र दौड़ाओ—तुम्हें सब कुछ मालूम हो जायेगा। तुम मेरी बात इसलिए नहीं समझती हो कि मैं तुमसे शादी करने का ख़्वाहिशमन्द था। इसलिए

कि मेरे सीने में शहवानी ख़्यालात मौजूद नहीं इसलिए कि मैं सिर्फ़ मुहब्बत करता हूँ। जाओ, मुझे तुमसे सख़्त नफ़रत है।"

जब मैं बोल चुका तो उसने थूक निगल कर अपने हलक को साफ़ किया और थरथरायी हुई आवाज़ में कहा, "शायद आप ये ख़याल करते होंगे कि मैं जान-बूझ कर अंजान बन रही हूँ। मगर सच जानिये, मुझे कुछ मालूम नहीं आप क्या कह रहे हैं। मुझे याद है कि एक शाम आप सड़क पर से गुज़र रहे थे। आपने मेरी तरफ़ देखा था और मुस्करा दिये थे। यहाँ बीसियों लोग हम लड़कियों को देखते हैं और मुस्करा कर चले जाते हैं। फिर आप मुतवातर बावली की तरफ़ आते हैं। मुझे मालूम था कि आप मेरे लिए आते हैं। मगर इसी क़िस्म के कई वाक़ये मेरे साथ गुज़र चुके हैं। एक रोज़ आपने मेरे साथ बातें कीं और उसके बाद हम दोनों एक-दूसरे से मिलने लगे। आपने शादी के लिए कहा और मैं मान गयी। मगर इससे पहले इसी क़िस्म की कई दर्ख़्वास्तें सुन चुकी हूँ। जो मर्द मुझसे मिलता है दूसरे-तीसरे रोज़ मेरे कान में कहता है। "बेगू देख मैं तेरी मुहब्बत में गिरफ़्तार हूँ। रात-दिन तू ही मेरे दिल-ओ-दिमाग़ में बसी रहती है।" आपने भी मुझसे यही कहा। अब बताइये मुहब्बत क्या चीज़ है। मुझे क्या मालूम कि आपने दिल में क्या छुपा रखा है। यहाँ आप कैसे कई लोग हैं जो मुझसे यही कहते रहते हैं। "बेगू तुम्हारी आँखें कितनी ख़ूबसूरत हैं। जी चाहता है कि सदके हो जाऊँ। तुम्हारे होंट किस क़दर प्यारे हैं, जी चाहता है इनको चूमे जाऊँ—वह मुझे चूमते रहे हैं। क्या ये मुहब्बत नहीं है? कई बार मेरे दिल में ख़याल आया है कि मुहब्बत कुछ और ही चीज़ है। मगर मैं पढ़ी-लिखी नहीं इसलिए मुझे क्या मालूम हो सकता है। मैंने क़ायदा पढ़ना शुरू किया, मगर छोड़ दिया। मगर मैं पढ़ूँ तो फिर छल्लां और उसके बछड़े का पेट कौन भरे। आप अख़बार पढ़ लेते हैं, इसलिए आपकी बातें बड़ी होती हैं। मैं कुछ नहीं समझ सकती। छोड़िये इस क़िस्से को। आइये कुछ और बातें करें। मुझे आपसे मिलकर बड़ी खुशी होती है। मेरी माँ कह रही थीं कि बेगू तो हैट वाले बाबू के पीछे दीवानी हो गयी है।"

मेरी नज़रों के सामने से वो तारीक पर्दा उठने लगा था, जो उस अंजाम का बायस था। मगर दफ़अतन मेरे ज़ोश और गुस्से ने फिर उसे गिरा दिया। बेगू की गुफ़्तगू बेहद सादा और मासूमियत से पुर थी। मगर मुझे उसका हर लफ़्ज़ बनावट में लिपटा नज़र आया। मैंने एक लम्हा भी उसकी अहमियत पर ग़ौर न किया।

"बेगू मैं बच्चा नहीं हूँ कि तुम मुझे चिकनी-चुपड़ी बातों से बेवकूफ़ बना लोगी।" मैंने गुस्से में उससे कहा, "ये फ़रेब किसी और को देना। कहते हैं कि झूठ के पाँव नहीं होते। तुमने अभी-अभी अपनी ज़बान से इस बात का एतराफ़ किया है। अब मैं क्या कहूँ...

"नहीं-नहीं कहिए।" उसने कहा।

"कई लोग तुम्हारे मुँह को चूमते रहे हैं। तुम्हें शर्म आनी चाहिए।"

"हाय आप तो समझते ही नहीं। अब मैं क्या झूठ बोलती हूँ। मैं ख़ुद थोड़े ही उनके पास जाती हूँ और मुँह बढ़ाकर चूमने को कहती हूँ। अगर आप उस रोज़ मेरे बालों को चूमना चाहते जबकि आप उनकी तारीफ़ कर रहे थे, तो क्या मैं इंकार कर देती? मैं किस तरह इंकार कर सकती हूँ। मुझे छल्लां बहुत प्यारी लगती है और मैं उसको हर रोज़ चूमती हूँ। इसमें क्या हर्ज है। मैं चाहती हूँ कि लोग मेरे बालों, मेरे होंठों और मेरे गालों की तारीफ़ करें। इससे मुझे बड़ी खुशी होती है। ख़बर नहीं क्यों? मैं सुबह-सबेरे उठती हूँ और छल्ला को ले कर घास चराने के लिए बाहर चली जाती हूँ। बारह बजे रोटी खा कर फिर घर से निकल आती हूँ। शाम को पानी भरती हूँ। हर रोज़ मेरा यही काम है। मुझे याद है, आपने मुझसे कई मर्तबा कहा था कि मैं पानी भरने न आया करूँ, भैंस न चराया करूँ। शायद आप इसी वजह से नाराज़ हो रहे हैं। मगर ये तो बताइए कि मैं घर पर रहूँ तो फिर आप मुझसे मुलाक़ात क्यों कर सकेंगे? मैंने सुना है कि पंजाब में लड़कियाँ घर से बाहर नहीं निकलतीं, मगर हम पहाड़ी लोग हैं, हमारा यही काम है।"

"तुम्हारा यही काम है कि हर रहगुज़र से लिपटना शुरू कर दो। तुम पहाड़ी लोगों के चलन मुझसे छुपे हुए नहीं। ये तक़रीर किसी और को सुनाना। घर पर रहो या बाहर फिरो। अब मुझे इससे कोई सरोकार नहीं इन पहाड़ियों में रहकर जो सबक़ तुमने सीखा है, वो मुझे पढ़ाने की कोशिश न करो।"

"आप बहुत तेज़ होते जा रहे हैं, बहुत चल-निकले हैं।" उसने क़द्रे बिगड़ कर कहा, "मालूम होता है लोगों ने आपके बहुत कान भरे हैं। मुझे भी तो पता लगे कि वे कौन" मस्न जोगे" है जो मेरे मुताल्लिक़ आपको ऐसी बातें सुनाते रहे हैं। आप ख़्वाम-ख़्वाह इतने गर्म होते जा रहे हैं। ये सच है कि मैं मर्दों के साथ बातें करती हूँ, उनसे मिलती हूँ मगर...ये कहते हुए उसके गाल सुर्ख़ हो गये। मगर मैंने उसकी तरफ़ ध्यान न दिया। एक लम्हा ख़ामोश रहने के बाद वह फिर बोली, "आप कहते हैं कि मैं बुरी लड़की हूँ। ये ग़लत है। मैं पगली हूँ। सचमुच मैं पगली हूँ। कल आपके चले जाने के बाद मैं पत्थर पर बैठकर देर तक रोती रही, जाने क्यों। ऐसा कई दफ़अ हुआ है कि मैं घण्टों रोती रही हूँ। आप हँसेंगे, मगर इस वक़्त भी मेरा जी चाहता है कि यहाँ से उठ भागूँ और उस पहाड़ी की चोटी पर भागती हुई चढ़ जाऊँ और फिर कूदती-फाँदती नीचे उतर आऊँ। मेरे दिल में हर वक़्त एक बेचैनी सी रहती है। भैंस चराती हूँ, पानी भरती हूँ, लकड़ियाँ काटती हूँ। लेकिन ये सब काम मैं ऊपर के दिल से करती हूँ। मेरा जी किसी को ढूँढ़ता है। मालूम नहीं किसको—मैं दीवानी हूँ।"

बेगू की ये अजीब-ओ-ग़रीब बातें जो दर हक़ीक़त उसकी ज़िन्दगी का एक निहायत उलझा हुआ बाब थीं और जिसे बग़ैर मुतालअ करने के बाद सब राज़ हल

हो सकते थे। उस वक़्त मुझे किसी मुजरिम का ग़ैर मरबूत बयान मालूम हुई। बेगू और मेरे दरमियान इस क़दर तारीक और मोटा पर्दा हायल था कि हक़ीक़त की नक़ाब कुशायी बहुत मुश्किल थी।

"तुम दीवानी हो।" मैंने उससे कहा, "क्या मर्दों के साथ बैठकर झाड़ियों के पीछे पहरों बातें करते रहना भी इस दीवानगी ही की एक शाख़ है?—बेगू, तुम दीवानी हो, मगर अपने काम में आठों गाँठ होशियार!"

"मैं बातें करती हूँ, उनसे मिलती हूँ, मैंने इससे कब इंकार किया है। अभी-अभी मैंने आपसे अपने दिल की सच्ची बात कही तो आपने मज़ाक़ उड़ाना शुरू कर दिया। अब अगर मैं कुछ और कहूँ तो उससे क्या फ़ायदा होगा। आप कभी मानेंगे ही नहीं।"

"नहीं-नहीं, कहो क्या कहती हो। तुम्हारा नया फ़लसफ़ा भी सुन लूँ।"

"सुनिये फिर "ये कहकर उसने थकी हुई हिरनी की तरह मेरी तरफ़ देखा और आह भर कर बोली, "ये बातें जो मैं आज आपको सुनाने लगी हूँ, मेरी ज़बान से पहले कभी नहीं निकली मैं ये आपको भी न सुनाती, मगर मजबूरी है। आप अज़ीब-ओ-ग़रीब आदमी हैं। मैं बहुत से लोगों से मिलती रही हूँ। मगर आप बिलकुल निराले हैं। शायद यही वजह है कि मुझे आपसे..."वह हिचकिचायी..."हाँ आप से प्यार हो गया है। आपने कभी मुझसे ग़ैर बात नहीं कही। हालाँकि मैं जिससे मिलती रही हूँ, वो मुझसे कुछ और ही कहता था। मेरी अम्मा जानती है कि मैं घर में हर वक़्त आप ही की बातें करती रहती हूँ। मेरा मुँह थकता ही नहीं। आपके आने पर मैंने ग्राहकों के पास दूध ले जाना छोड़ दिया। लोगों से बातें करना बन्द कर दीं। पानी भरने के लिए भी ज़्यादातर छोटी बहिन ही को भेज़ती रही हूँ। आपके आने से पहले मैं लोगों से मिलती रही हूँ। अब मैं आपको बताऊँ कि मैं उनसे क्यों मिलती थी...मुझे कोई मर्द भी बुलाता तो मैं उससे बातें करने लगती थी। इसलिए...नहीं, मैं नहीं बताऊँगी—मेरा दिल तो चाहता था, वह उन लोगों के पास नहीं था। मैं बुरी नहीं। अल्लाह की क़सम, बेगुनाह हूँ। ख़ुदा मालूम लोग मुझे बुरा क्यों कहते हैं। आप भी मुझे बुरा कहते हैं। जिस तरह आपने आज मेरे मुँह पर इतनी गालियाँ दी हैं, अगर आपके बजाय कोई और होता तो मैं उसका मुँह नोच लेती। मगर आप...अब मैं क्या कहूँ, में बहुत बदल गयी हूँ। आप अच्छे आदमी हैं। मैं ख़याल करती थी कि आप मुझे कुछ सिखाएँगे। मुझे अच्छी-अच्छी बातें सुनाएँगे। लेकिन आप मुझसे ख़्वाम-ख़्वाह लड़ रहे हैं...आपको क्या मालूम कि मैं आपकी कितनी इज़्ज़त करती हूँ। मैंने आपके सामने कभी गाली नहीं दी, हालाँकि हमारे घर सारा दिन गाली-गलौज होती रहती है।"

मेरी समझ में कुछ न आया कि वह क्या कह रही है। डॉक्टर साहब उस पहाड़ी लड़की की गुफ़्तगू किस क़दर सादा थी। मगर अफ़सोस है कि उस वक़्त मेरे कानों में रुई ठुँसी हुई थी। उसके हर लफ़्ज़ से मुझे इस्मत-फ़रोशी की बू आ रही थी। मैं

कुछ न समझ सका।

"बेगू! तुम हज़ार क़समें खाओ मगर मुझे यक़ीन नहीं आता। अब जो तुम्हारे जी में आये करो। मैं कल बटोत छोड़ कर जा रहा हूँ। मैंने तुमसे मुहब्बत की, मगर तुमने उसकी क़द्र न की। तुमने मेरे दिल को बहुत दुख दिया है—ख़ैर अब जाता हूँ, मुझे और कुछ नहीं कहना।"

मुझे जाता देख कर वह सख़्त मुज़तरिब हो गयी और मेरा बाज़ू पकड़ कर और फिर उसे फ़ौरन ही डरते हुए छोड़ कर थर्रायी हुई आवाज़ में सिर्फ़ इस क़दर कहा "आप जा रहे हैं?"

मैंने जवाब दिया, "हाँ जा रहा हूँ ताकि तुम्हारे चाहने वालों के लिए मैदान साफ़ हो जाए।"

"आप न जाइये, अल्लाह की क़सम मेरा कोई चाहने वाला नहीं।" ये कहते हुए उसकी आँखें नमनाक हो गयीं। "न जाइये न जाइये, न..."आख़री अल्फ़ाज़ उसकी गुलूगीर आवाज़ में दब गये। उसका रोना मेरे दिल पर कुछ असर न कर सका। मैं चल पड़ा, मगर उसने मुझे बाज़ू में पकड़ लिया और रोती आवाज़ में कहा, "आप ख़फ़ा क्यों हो गये। मैं आइन्दा किसी आदमी से बात न करूँगी। अगर आप मुझे किसी मर्द के साथ देखा तो आप इसी छड़ी से जितना चाहिए पीट लीजिएगा। आइये घर चलें। मैं आपके लिए हुक़्क़ा ताज़ा करके लाऊँगी।"

मैं ख़ामोश रहा और उसका हाथ छोड़ कर फिर चल पड़ा। उस वक़्त बेगू से एक मिनट की गुफ़्तगू करना भी मुझे गिरां गुज़र रहा था। मैं चाहता था कि वह लड़की मेरी नज़रों से हमेशा के लिए ओझल हो जाए। मैंने बमुश्किल दो गज़ का फ़ासला तय किया होगा कि वह मेरे सामने आ खड़ी हुई। उसके बाल परेशान थे। आँखों के डोरे सुर्ख़ और उभरे हुए थे। सीना आहिस्ता-आहिस्ता धड़क रहा था।

उसने पूछा, "क्या आप वाक़ई जा रहे हैं?"

मैंने तेज़ी से जवाब दिया, "तो और क्या झूठ बक रहा हूँ।"

"जाइये।"

मैंने उसकी तरफ़ देखा। उसकी आँखों से अश्क रवां थे और गाल आँसुओं की वजह से मैले हो रहे थे, मगर उसकी आँखों में एक अजीब क़िस्म की चमक नाच रही थी।

"जाइये" ये कह कर वह उल्टे पाँव मुड़ी। उसका क़द पहले से लम्बा हो गया था।

मैंने नीचे उतरना शुरू कर दिया। थोड़ी दूर जा कर मैंने झाड़ियों के पीछे से रोने की आवाज़ सुनी। वह रो रही थी—वह थर्रायी हुई आवाज़ अभी तक मेरे कानों में आ रही है।

ये है मेरी दास्तान डॉक्टर साहब। मैंने उस पहाड़ी लड़की की मुहब्बत को ठुकरा

दिया। इस ग़लती का एहसास मुझे पूरे दो साल बाद हुआ। जब मेरे एक दोस्त ने मुझे ये बताया कि बेगू ने मेरे जाने के बाद अपने शबाब को दोनों हाथों से लुटाना शुरू कर दिया और दिक़ के मरीज़ों से मिलने की वजह से वह ख़ुद उसका शिकार हो गयी। फिर बाद अज़ां मुझे मालूम हुआ कि उस मरज़ ने बिलाख़िर उसे क़ब्र की गोद में सुला दिया—उसकी मौत की बायस मेरे सिवा और कौन हो सकता है। वह ज़िन्दगी की शाहराह पर अपना दास्ता तलाश करती थी, मगर मैं उसको भूल-भूलय्यों में छोड़ कर भाग आया। जिसका नतीजा ये हुआ कि वह भटक गयी। मैं मुजरिम था। चुनांचे मैंने अपने लिए वही मौत तजवीज़ की जिससे वह दोचार हुई। वह वज़न जो मैं पाँच साल अपनी छाती पर उठाए फिरता रहा हूँ, ख़ुदा का शुक्र है कि अब हल्का हो गया है।"

मैं मरीज़ की दास्तान ख़ामोशी से सुनता रहा। वह बोल चुका तो फिर भी ख़ामोश रहा। मैं नहीं चाहता था कि उसके जज़्बात पर राय ज़नी करूँ। चुनांचे वहाँ से उठकर चला गया। मुझे कई मरीज़ों की दास्तानें सुनने की इत्तफ़ाक़ हुआ है मगर ये निहायत ही अजीब-ओ-ग़रीब और पुर असर दास्तान थी। गो मरीज़ बीमारी की वजह से हड्डियों का ढाँचा रह गया था, मगर हैरत है कि उसने अपने तवील बयान को किस तरह जारी रखा।

सुबह के वक़्त मैं उसका टेम्प्रेचर देखने के लिए आया। मगर वह मर चुका था। सफ़ेद चादर ओढ़े वह बड़े सुकून से सो रहा था।

जब उसको गुसल देने लगे तो अस्पताल के एक नौकर ने मुझे बुलाया और कहा, "डॉक्टर साहब उसकी मुट्ठी में कुछ है।" मैंने उसकी बन्द मुट्ठी को आधा खोल कर देखा, लोहे के दो क्लिप थे। उसकी बेगू की यादगार।

"इनको निकालना नहीं, ये उसके साथ ही दफ़न होंगे।" मैंने गुसल देने वालों से कहा और दिल में ग़म की एक अजीब-ओ-ग़रीब कैफ़ियत लिये दफ़्तर चला गया।

□□